웹소설 작가
1일차입니다

냥이 문고

웹소설 작가
1일차입니다

허도윤

행성B

차 례

2021년 기준, 지금으로부터 무려 84년 전이자 일제로부터의 독립 8년 전이기도 한 1937년 6월 3일의 일이었다. 동아일보가 7면에 '영화소설현상공모'를 띄웠다.

우리가 말하는 영화소설은 소위 영화소설이라고 일컬어온 지금까지의 그것과는 다르다. 영화와 문학과의 유기적 종합이 가능함을 구체적으로 보여주는 새로운 형식의 독물(讀物), 즉 읽을거리를 의미하기 때문이다. 따라서 이를 지면에 게재하면 읽는 영화가 되고 시나리오 식으로 각색하면 촬영대본이 될 것이다.

그러면서 "전 조선의 저명한 승경고적을 화면에 되도록 많이 나타나게 하되 이야기의 구성을 무리 없이 흥미롭게 하고, 승경고적에 얽힌 로맨스를 솜씨 있게 엮되 유머러스한 장면도 적당히 섞어 넣어주었으면 좋겠다"고 조건을 내걸었다.

여기서 '승경(勝景)'은 뛰어난 경치를, '고적(古蹟)'은 옛 문화가 드러나는 건물 혹은 터를 이르는바, 기획 단계에서부터 영화적 그림을 염두에 두었다고 하겠다.

응모된 작품은 100여 편에 이르렀고, 치열한 경쟁 끝에 최금동의 〈환무곡(幻舞曲)〉이 당선되었다. 이는 〈애련송(愛戀頌)〉으로 제목을 바꿔 같은 해 10월 5일부터 12월 14일까지 50회에 걸쳐 연재되었는데, 11주에 50회면 1주일에 4회에서 5회를 연재한 셈이었다.

당시에 나왔던 영화소설을 읽은 바가 없어 ─어디에서 찾아야 하는지 당최 모르겠다!─ 비교가 불가하나, 기록에 의하면 실제로 〈애련송〉은 일반 소설과 별반 차이가 없던 기존의 영화소설과는 사뭇 달랐던 모양이다. 소설 형식이 아니라 시나리오에 가까운 구성이었으며, 이야기의 시작도 영화 도입부에서나 봄 직한 장면 묘사였다.

뚜벅뚜벅. 사람은 보이지 않고 길게 선을 끌며 지나간 굵다란 발자국. 하늘과 바다를 온통 거울인 양 맵시를 보기에 여념이 없는 갈매기의 나래가 멀리서 가까이서 희끔희끔 번뜩인다.

공부하던 중에 이 내용을 확인하고 가장 먼저 든 생각

은 '지금의 웹소설이네!'였다. 연재 중심, 새로운 형식의 읽을거리, 승경고적에 얽힌 로맨스를 솜씨 있게 엮되, 하는 부분 그리고 결정적으로 '애련송(愛戀頌)' 세 글자에 꽂혔다고나 할까. 진심으로 '웹소설스러운' 제목이어서였다.

이어서 든 생각은 판타지에 가까웠다. '그 시절 신문에 깨알만 한 글씨로 연재되는 로맨스를 읽으며 울고 웃고 화냈을 독자들이 모두 환생해 지금의 소중한 우리 웹소설 독자분들이 되지 않았을까!'였으니 말이다. 그러기엔 84년이 환생 주기로 너무 짧으려나?

여하튼.

그렇다면 '웹소설'이란 무얼까?

웹소설에 대해 사전에서는 '웹(web)' 더하기 '소설(小說)'로 인터넷을 통해 연재하는 소설이라고 풀이하고 있다. 하지만 종이책의 형태로도 출간되며, 연재 생략하고 단행본으로만 풀리는 경우도 부지기수라는 점에서 제한적인 설명이라 하겠다.

그렇다면 혹시 '장르소설'이 곧 '웹소설'은 아닌지?

오호! 이번에도 사전 찬스를 써 보자면 장르소설이란 대중의 기호에 맞춘, 따라서 한때는 '대중소설'이라고 불리기도 했던 로맨스, 판타지, 추리, 무협, SF, 호러 등을

뭉뚱그린 소설이라고 설명하고 있다. 하지만 일반 소설이고 장르소설이고 간에 어느 소설이 대중의 취향을 무시할 것이며 어느 소설이 장르에서 독립적일 수 있는지 따진다면 그 또한 맞춤한 풀이는 아니다. 무엇보다 여기에는 웹소설의 핵심인 '연재'에 대한 언급이 없다.

그럼 도대체 웹소설이 뭔데!

그러게 말이다. 도대체 뭔데요!

로맨스 분야의 웹소설 작가 5년 차에 접어든 나로서도 '이겁니다!' 하고 말하기가 참으로 난감하다. 왜냐하면 나는 내가 겪은 일만 알기 때문이다. 예를 들어 만 명의 웹소설 작가가 있다고 할 때, 그들 모두 자신만의 스토리로 움직이고 있을 텐데 그에 대해 아는 것이 거의 없기 때문이다. 그도 그럴 것이, 웹소설의 영역이 워낙 넓은 데다 일반문학계에 존재하는 평론가가 웹소설 판에는 없다. 간혹 대중문화평론가가 한마디씩 거드는 모양이기는 하지만 내 눈에는 웹소설의 내용 자체보다는 웹소설 시장 쪽에 더 비중을 둔 것처럼 보인다. 소설의 내용이나 소설가의 성향을 치밀하게 해부하는 일반문학계의 평론가와는 결이 다르다고나 할까.

당연히 나 또한 시작할 때 같은 이유로 고생이 많았

다. 정보는 넘치는데 어떤 내용을 귀담아들어야 하는지 갈피를 잡을 수가 없었다. 심지어 여기서는 이 말을 하는데 저기서는 저 말을 해서 혼란만 더해지기도 했다. 결국 수많은 '나 좀 살려주세요!' 끝에 내 마음대로 저지르고야 말았다.

그래서 《1일차입니다》를 쓰기로 했다. 물론 출판사로부터 제안을 받고 바로 고개를 끄덕인 것은 아니다. 필명을 내걸고 소설과는 영 다른 이야기를 해야 한다는 사실에 일단은 부끄러움과 쑥스러움이 밀려왔고, 유명하지도 않은 단행본 위주의 웹소설 작가가 쓸데없이 나서선 괜한 수선만 피우는 것은 아닌지 무서움과 두려움이 급속도로 차오르면서 말이 마른 것이다. 그럼에도 용기를 낸 건 누군가에게 도움이 될 거라는 믿음 때문이었다.

한 가지 짚고 가야 할 사실은 앞으로 언급될 모든 내용은 전부 나 허도윤과 관련된 내용이라는 점이다. 내가 겪었고 내가 느꼈으며, 내가 겪고 있고 내가 느끼고 있는 것들 말이다. 따라서 웹소설 작가의 온전한 길라잡이가 되기에는 부족한 점 투성이라고 말하고 싶다. 하지만 오래전에 우왕좌왕하던 내 모습을 떠올리며 밀고 나간다.

다시 여하튼.

알베르트 아인슈타인 옹께서 이런 말씀을 하셨다고
한다.

> 모든 사람은 천재다. 그런데 나무 타기 능력으로 물고기
> 를 평가한다면, 물고기는 평생 자기가 바보라고 생각하
> 며 살 것이다.

그에 의하면 나는 오랜 헤맴 끝에야 물을 찾은 물고기
다. 나무에서 떨어지듯 내려와 물에 들어가기까지, 그러
고서도 내내 숨어 있다가 마침내 기어 나와 헤엄치기까지
수많은 일이 있었다. 그리고 그 이야기를 지금부터 하려
고 한다.

1

느닷없이
: 웹소설과 만나다

그때 난 죽고 싶었다. 하루 24시간 1,440분 86,400초 내내 죽고 싶었다. 잠은 안 자? 안 잤다기보다는 거의 못 잤다. 게다가 잘 때도 죽는 꿈만 꾸었다. 나는 그때 세상에 존재하는 모든 방법으로 매일 죽었다. 눈을 뜨면 '부활'이라는 단어를 떠올렸을 정도로 실감 난 죽음이었다. 고로 하루 24시간 1,440분 86,400초는 어느 정도 과장이되 진실에 가깝다고 하겠다.

문제는 내가 안 죽을 걸 너무도 잘 알았다는 점이다. 그냥 죽고 싶기만 했지 죽을 생각은 결코 하지 않았고, 죽음에 끌리기는 했으나 열심히도 외면했다. 참으로 어처구니없는 상황이었다. 결국 난 깨달았다. 내 멘탈이 주철이라는 것을.

주철 멘탈의 비애

주철이 뭘까.

주철은 단철, 강철과 함께 철의 한 종류다. 주철은 잘 부서지는 철, 단철은 물러서 휘는 철, 강철은 설명할 필요 없는 강철. 이유는 탄소 때문이다. 철은 본디 탄소가 섞여 있어야만 철이 될 수 있는데, 이게 너무 많이 들어있으면 부서지고 너무 조금 들어있으면 물러진다. 그러니까 전자가 주철, 후자가 단철.

부서지고 무르다니, 단점이 후덜덜 떨리도록 명확했음에도 철은 철이라고 건물도 짓고 이래저래 썼다. 그것밖에 없었으니까. 그러다 탄소 함량 0.2퍼센트의 이상적인 강철이 나오면서 적어도 상업적 건축 분야에서만큼은 퇴출된 것으로 알고 있다.

그런데 주철이 내 멘탈이었다.

그럼 네 안에는 뭐가 많이 들어있는데?

우울.

그랬다. 우울이 너무 많았다. 심신이 고달플 정도로 많았다. 그래도 병원에 끌려갈 정도의 중증은 아니었는데 당시 개인적으로 여러 일을 겪으면서 우울의 함량이 가파르게 증가했다. 정신과 영혼이 실시간으로 부서지는 소리가 귀에 들리는 기분이었다. 파스스 파스스…….

모자라고 또 모자라고 거기서 더 모자랄지어다.

그때의 내 모습을 훗날《그 개는 옳았다》에 묘사했다.

> 문을 열고 밖으로 나서니 여자가 횡단보도 앞에 서서 이어폰을 귀에 꽂고 있었다. 재혁이 성큼성큼 다가가 여자의 팔을 건드렸다. 그런데 돌아보는 여자의 얼굴에 재혁은 숨을 삼킬 수밖에 없었다. 좀 전의 그 얼굴이 아니었다. 무감, 무욕, 무심 같은 온갖 무(無)가 가득한 메마른 표정에 숨이 턱하고 막혔다. 완전히 다른 사람이었다. 재혁은 당황했지만, 일단 급한 불부터 꺼야 한다는 이성을 붙들고 입을 열었다.

사람이 그 지경이 되다 보니 아무것도 할 수가 없었다. 모든 활자가 어지러웠고 모든 멜로디가 머리 아팠으며 모든 영상이 정신 사나웠다. 구체적으로 말해서 책도 못 읽고 음악도 못 듣고 영화도 못 보는, 그야말로 문화가 전무한 세계에 붙들린 것이다.

자연스럽게 또 다른 사실 하나를 깨달았다. 문화가 없는 삶은 살아도 사는 게 아니라는 것을. 노벨문학상이나 맨부커상 같은 유명 문학상 수상작을 읽고, 고가의 다이

렉트 드라이브 턴테이블에 희귀 LP 음반을 올려 듣고, 벽한 면에 빔을 쏘아 인디영화를 보고, 로열석에 앉아 화려한 의상의 궁중무용을 느끼고, 그런 갖추어진 것만이 문화가 아니라는 것을. 생존과 관련한 최소생활 외에 내 감정을 보듬고 도닥이던 것들이 전부 문화였다는 것을.

살아도 사는 게 아니니만큼 당연히 입맛도 바닥을 기었다. 맵고 짜고 달고 느끼한 건 알겠는데 맛있고 맛없는 건 구별이 안 갔다. 다 그저 그랬다. 안 먹을 수만 있다면 안 먹고 싶었다. 몸무게가 40킬로그램 아래로 떨어졌다.

하지만 언급했듯이 난 죽고 싶지 않은 사람이었다. 죽지 않으려면 먹어야 했고, 당연히 어떻게든 먹으려고 했다. 처음엔 주로 매운 음식을 찾았다. 그나마 그건 넘어갔으니까. 얼마 안 가 속이 너덜거리는 게 느껴졌다.

이 시점에 나는 쪽팔림을 느꼈다. 창피함, 부끄러움, 수치스러움 말고 적나라한 쪽팔림을 말이다. 그도 그럴 것이, 난 죽기 싫기만 한 사람이 아니라 아프기도 싫은 사람이었던 것이다. 솔직히 사람이라면 당연히 아프기 싫지 어느 누가 좋겠는가만 나는 죽고 싶은 사람이었다. 아프기 싫다는 징징거림이 가당키나 한가 말이다.

어쨌거나 이번엔 속이 아프기 싫다는 이유로 밥을 구운 김에 싸 먹기 시작했다. 그제야 위통이 가라앉았다. 살 것 같았다. 그때 모자라고 또 모자라고 거기서 더 모자란 나에게 말했다. 가지가지 한다고.

그랬다. 나는 정말 가지가지 했다. 주접에 꼴값에 지랄에 육갑에 이만저만 가지가지가 아니었다. 차마 한숨도 뱉지 못하는 참담한 시간이 그렇게 흘러만 갔다.

그러던 어느 날이었다. 멍하니 있는 것도 하루 이틀이고 망가지는 데도 예의가 필요하다는 생각이 스멀스멀 기어올랐다. 나는 심사가 불편해졌고, 그에 대한 반작용으로 괜히 바쁜 척하기 시작했다.

뜬금없는 위로

그래봤자 포털, 그중에서도 네이버를 뒤적인 게 전부였다. 그 과정에서 전자책 광고를 보게 됐다. e북이라고 적혀있던 것으로 기억하지만 편의상 전자책이라고 하겠다. 성의 없이 넘겼기 때문에 내용은 생각나지 않으나 자연스러운 터치에 터치를 거듭해 전자책 메인 페이지까지 가게 됐다. 지금은 '네이버 시리즈'로 바뀌어 활자, 만화, 영상이 한꺼번에 다 들어가 있지만 그때만 해도 책은 '네이버 북스'로 구분되어 있었다. 바로 거기였다.

여기저기 구경을 시작했다. 죽고 싶다고 주문을 외우

는 것보다 뭐라도 하는 게 낫다는 생각에 이것저것 눌러가며 확인을 했다. 나중에 가서야 내가 집중적으로 훑은 페이지가 단순한 전자책이 아니라 구체적으로 웹소설 페이지였다는 것을 알았지만 적어도 그 순간만큼은 단순하게 '소설이 뭐 이리 많아!'라고만 여겼다.

그런데 세상에! 가격이 너무 착했다. 일반 소설을 종이책으로 구매하려면 만 원은 족히 넘어가야 하는데 몇천 원이면 한 권을 읽을 수 있다니 구미가 당겼다. 당시 어떤 알고리즘이 작동해 내 앞에 그 책들이 보였는지 모르겠으나 그중에서 한 권을 선택해 읽기 시작했다. 밥벌이하고 일상생활하고, 그것만 기계처럼 하던 내가 드디어 다른 무언가를 하게 된 것이다. 그것도 몇 년 만에 말이다.

옹송그린 자세로 두 시간여에 걸쳐 다 읽고 든 생각은 '간만에 밥 잘 먹었다'였다. 그 어떤 음식으로도 입맛이 돌지 않던 내가 쌀밥에 구운 김으로 하루를 넘기며 안도했을 때 느꼈던 심정과 아주 유사했다.

이게 뭐라고.

그냥 전자책일 뿐인데 이게 뭐라고.

정말 이게 뭐라고 나를 이렇게 위로해.

진짜 이게 뭐라고 나를 이렇게 웃게 해.

이후로 다른 전자책도 구매해 미친 듯이 읽기 시작했다. 별점 다섯 개가 꽉 찬 은혜로운 이야기도 있었고, 댓글에 욕만 있는 안타까운 이야기도 있었고, 아무도 읽었다는 표시를 안 하는 외로운 이야기도 있었지만 보이면 보이는 대로 가리지 않고 족족 다 사서 읽었다. 잼, 노잼을 떠나 술술 읽혔기 때문에 가능했다.

여기서 한 가지 확실하게 해둘 점은 내가 읽은 것이 연재가 아니라 단행본이었다는 사실이다. 이유는 단순했다. 시작을 단행본으로 해서였고, 내가 연재를 그다지 좋아하지 않아서였다. 어떻게 책을, 그것도 소설을 조각내서 읽나 말이다. 감질나고 속 터지게.

다시 돌아가서.

이젠 주머니가 깨지기 시작했다. 그럼에도 멈추지 않고 읽었다. 아무것도 안 하는 동안 굳은 돈이 있으니 좀 쓰지 뭐, 하는 마음으로 사서 읽고 또 사서 읽었다. 그래서 좀 쓴 게 얼마냐고? 정확한 액수를 말할 수는 없지만 세 자릿수였다. '소확행'보다는 '탕진잼'에 가까웠다고나 할까. 그럼에도 나는 그때의 독서를 전혀 후회하지 않는다. 그 이야기들이 내게 쓸 힘을 주었으므로. 하지만 그게 무어든 시들해지는 순간이 오기 마련이었다.

설득력 있는 꼬드김

전엔 보이는 대로 결제해서 읽었는데 꼼꼼하게 따지기 시작했다. 당연히 읽는 시간보다 고르는 시간이 더 길어졌다. 최근 신조어 중에 '넷플릭스 증후군'이라고 있다. 실제 콘텐츠를 보는 시간보다 무엇을 볼 것인지 선택하는 데 훨씬 많은 시간을 소비하는 일을 이른다고 했다. 그와 다를 게 없었다.

한풀 꺾이는 동안 여유가 생겼는지 머릿속에 쌓인 데이터가 용트림을 하는 게 느껴졌다. 용트림의 제목은 '너도 써 봐!'였다.

어떻게 써야 할지 감 왔잖아, 그러니 써 봐.

너도 할 얘기 많잖아, 한번 써 봐.

써 봐! 어? 써 봐! 써 보라니까?

내가 생각해놓고도 어이가 없었다. 도대체 나더러 뭘 쓰라는 건데?

추리 써 봐. 마피아 게임 규칙도 이해를 못 하는데?

판타지 써 봐. 2차원도 벅차!

무협 써 봐. 검이…… 무서워!

그럼 남는 건 하나였다. 로맨스.

로맨스라니. 사랑을 믿지 않는 내가 사랑 이야기를 써

서 남한테 읽으라고 내밀다니. 그건 사기야!

하지만 고민할수록 마음이 기울었다. 아무리 사랑 따위 지렁이한테나 줘 버리라고 웅변하는 나지만 그러함에도 사랑만큼 좋은 게 어디 있느냐고, 남자와 여자 사이에서건 부모와 자식 사이에서건 친구와 친구 사이에서건, 나아가 범인류에 범인종적으로건 사랑만큼 큰 힘을 발휘하는 게 또 어디 있느냐고, 설득력 있는 꼬드김이 진행된 것이다.

결국 두 손과 두 발을 모두 들었다. 뭐든 써 보기로. 정확하게 로맨스 쪽에서 뭐든 써 보기로.

그리고 그때의 심정이 현재 내 소개글이 되었다.

사랑을 믿지 않지만, 결국 끝까지 살아남는 건 사랑뿐이라는 걸 인정하게 되면서, 사랑 이야기에 천착하고 있다. 특히 사랑을 통해 상처가 치유되는 과정에 집중하고 있다. 그것이 사랑의 역할이라고 믿기 때문에.

그러니까 속내는 치유 받고 싶었던 것이다. 살고 싶다는 마음을 죽기 싫다고 표현할 수밖에 없었던 고약한 상처로부터 벗어나고 싶었던 것이다.

2

무턱대고
: 웹소설을 쓰다

웹소설을 쓰기로 하고 가장 먼저 한 일은 무엇을 쓸지에 대한 고민도 아니고, 과연 완결을 낼 수 있을지에 대한 걱정도 아니고, 쓴 원고를 어떻게 할지에 대한 정보 수집도 아니었다. 바로 필명에 대한 고민이었다. 이름을 무엇으로 짓느냐, 어떤 이름을 지어야 있어 보일 것이냐.

왜 아니 그렇겠는가. 이름이 얼마나 중요한데. 이름이 곧 브랜드인데. 그건 좀 너무 나갔나? 그럼 다시 돌아와서. 부모들이 태명 놓고도 끙끙거리는 이유가 뭔데. 반려동물의 이름을 지을 때도 얼마나 고민을 하는데.

물론 꼭 필명으로 활동해야 한다는 규칙이나 법률은 없다. 실명을 비롯해 간단한 이력에 얼굴까지 드러낸 작가도 있다. 하지만 나는 그럴 수 없었다. 기존의 밥벌이가 영역에 포진해 있는 동료, 지인, 클라이언트 등과의 관계에 긍정적인 영향을 미치지 않을 것이 확실해서였다.

로맨스 웹소설을 쓰신다고 들었습니다. 우리 일하고 '갱장히' 안 맞지 싶은데. 쩜쩜쩜쩜쩜쩜!

훤히 보이고 뻔히 보였다. 필명은 필수였다.

방 안의 작명소

필명을 고민하는 과정에서 세 자릿수의 돈을 쏟아부으며 웹소설을 읽는 동안 작가들의 이름을 전혀 신경 쓰지 않았다는 데 생각이 미쳤다. 이런 모자라고 또 모자라고 거기서 더 모자란 여자에서 한 치의 어긋남도 없는 사람 같으니. 그렇다고 구매목록에 들어가 그 많은 작가의 이름을 일일이 확인하자니 몹시 성가셨다. 그래서 머릿속에 떠오르는 대로 적어나갔다. 한 단어짜리 이름도 있었고 두 단어 이상을 조합한 이름도 있었다.

머리에서 김이 오를 때까지 메모장을 채운 후 취사선택, 즉 버릴 것은 버리고 고를 것은 골라 한 페이지에 정리했다. 그리고 빨간색 펜을 손에 쥐고 〈리디북스〉에 들어가 검색창에 쳤다. 콕 집어 〈리디북스〉였던 이유는 그곳이 국내 최대 전자책 서점이기 때문이다. 전자책으로 출간된 웬만한 웹소설은 다 거기에 있다고 해도 무방하달까. 그것은 곧 웹소설 작가의 이름을 확인하기에 거기만큼 확실한 곳이 없다는 뜻이기도 했다.

타다다 다다다, 엔터!

오, 이런! 첫 단어부터 작가가 나왔다. 수긍했다. 내 생각에 좋은 것이 남이라고 안 좋을까.

다시 글자를 쳐 넣고 엔터를 눌렀다. 또 나왔다.

그렇게 몇 번을 하고 나니 흔히들 말하는 딥빡, 깊은 빡침이 밀려왔다.

일반적으로 어느 사이트건 회원으로 가입할 때 아이디가 중복되지 않도록 체크하는 시스템이 갖춰져 있다. 초기 멤버가 아닌 이상 적어도 서너 번은 걸리기 마련인데, 그때 '그거 이미 있지롱!'의 의미로 나오는 문구가 '이미 사용 중인 아이디입니다'이다. 빨갛게 칠해진 그 문장이 뜰 때마다 '이런 씨!' 하게 되는데, 딱 그때의 심정이었다.

다시 궁리하기 시작했다. 예쁘고 좋아 보인다고 다 갖다 붙일 게 아니라 정체성부터 세워야 한다는 결론도 내렸다. 하지만 내가 뭘 쓸지도 모르는 상황에서 정체성 운운은 무리지 싶었다. 결국엔 단순하게 가기로 했다.

담담하고 건조하게, 독자들이 주로 여성이니만큼 남성형으로, 하지만 너무 희귀하게는 말고. 그렇게 해서 어디서 들어봤음직한 '허도윤'이 탄생했다. 당연히 〈리디북스〉에서도 검색되지 않았다. 만세!

이름을 짓고 나니 벌써 댓글 만 개를 몰고 다니는 유명 작가가 된 기분이었다. 웹소설 작가도 인터뷰 요청 오고 그러나? 인사말로 뭘 해야 폼나지?

《혼주는 아홉 살》에 나온 딱 그 상황이었다.

> "알아, 알아. 아버지랑 세모 누나가 어느 단계인지 나라고 모르겠어? 하지만 인생이란 게 원래 구구단 외우는 자식 보면서 겨레대 입학식에 입고 갈 옷 걱정하고, 바이엘 7번 뚱땅거리면서 쇼팽 녹턴 7번을 눈감고 치는 상상하고, 그런 거거든."
>
> 입이 벌어지는데 이담이 말을 이었다.
>
> "나만 해도 수영장에서 녹색 판때기 잡고 발장구칠 때 마음으로는 벌써 한강 건너고 그랬어. 그러니까 동생 생기면 내가 아주 잘할게. 포대기 밖으로 발 삐져나올 텐데 양말 뭐 신기지? 곰돌이? 토끼? 병아리?"

하지만 오래가지는 않았다. 지나치게 현실적인 성격인 관계로 —판타지를 못 쓰는 이유다— 망상을 오래 끌고 가지 못하는 나 스스로가 기특했다.

마음을 가다듬고 무엇을 쓸 것인지에 대한 기획안을 본격적으로 잡기 시작했다. 너무나 많은 것들이 동시다발로 떠오르는 바람에 내심 당황했으나 곧 마음을 바꿔먹었다. 처음이니까 그냥 쓰고 싶은 것을 쓰기로.

그냥 쓰고 싶은 것

그러니까 처음으로 쓰고 싶은 게 무엇이었느냐 하면 시대물이었다. 워낙 역사에 관심이 많았기에 나로서는 자연스러운 선택이었다. 배경은 큰 부담 없이 조선이었다. 수많은 자료가 있으니 그 덕을 볼 수 있을 것 같아서였다. 물론 가상의 시대이기는 했다.

이야기를 시작할 때의 제목은 '모연의 반'이었다. 모연이 여주, 여자주인공의 이름. 반은 남주, 남자주인공의 이름. 이를 위해 사람의 이름을 제목으로 사용한 웹소설이 있는지 또 찾아보았다. 있었다. 문제없어 보였다. 나는 한발 더 나아가 제목을 본문에 그대로 등장시키기로 했다. 실제로도 잊지 않고 그렇게 했다.

"나는 너, 모연의 반이다. 잊지 마라. 나는 네 것이다. 절대 잊지 마라."

완결하는 데 생각보다 오래 걸리지는 않았다. 한 달도 안 걸렸던 것으로 기억한다. 쉽게 썼다는 뜻은 아니고, 워낙 몰입해서 시간이 단축된 것이다.

완결한 후 이 이야기를 어떻게 해야 할 것인지 다시 고민하기 시작했다. 워낙 별생각 없이 읽기만 해온 터라 웹소설 판에 대해 아는 게 없어 혼란스러웠다. 그래서 인상 깊었던 몇 권을 골라 출판사가 어디인지 알아냈다. 그리고 공식 메일주소로 투고했다. 무식하면 용감하다더니 딱 그 짝이었다.

그러곤 기다렸다. 내심 기대도 했다. 왜냐! 내 생각에 잘 썼으니까. 어느 누가 못 썼다고 생각하면서 다른 사람에게 읽어달라고 내밀겠는가 말이다. 웬만큼 썼다고 확신하니까 보여주지.

하지만 당연하게도 그 기대는 착각 중에서도 상 착각이었다. 착각은 자유라고 했던가? 예의 없는 자유의 대가는 곧 적나라하게 모습을 드러냈다. 까인 것이다.

별게 다 삼세번

'퇴짜 맞았다'도 아니고 '거절당했다'도 아니고 '까였다'였다. 자극적으로 들릴 거란 사실을 알면서도 왜 굳이 까였다는 표현을 쓰느냐 하면, 퇴짜 맞고 거절당하는 과정에는 통증이 수반되지 않기 때문이다. 그건 그냥 퇴짜 맞는 거고 거절당하는 거다. 마음이 상할 수는 있지만 반드시 상하는 건 아니다. 사람의 성향에 따라 어깨 한번 으쓱하고 넘어가는 경우도 많다.

하지만 까이는 건 십중팔구 통증이 따라온다. '까다'라는 단어 자체가 강타하고 공격한다는 의미를 품고 있으며, 실제로도 누군가에게 발길질이나 주먹질을 당했을 때 '까였다'고 표현한다. 아무리 통뼈라고 해도 누가 때리면 아프다. 햄스터 똥만큼이라도 아프다. 그런데 까인 것이다. 어디를? 마음을. 아, 얼마나 아프던지.

그래도 포기할 수는 없었다. 여자가 가오가 있지, 어떻게 먹은 마음인데 해보는 데까지는 해봐야지. 입을 앙다물고 '모연의 반'을 밀어둔 뒤 기획안 중에서 '그 남자의 분리불안'과 '격정의 품위'를 골라내 연달아 빠르게 쓴 후 다른 출판사에 또 투고했다. 그리고 빛의 속도로 다시 까였다. 삼세번이라더니 별 데서 다 삼세번이었다.

그때 나는 각성했다. 각성도 그냥 각성이 아니고 감히 생 초짜, 날 초짜 주제에 출판사와 바로 맞장뜨는 게 아니었다는 대오각성이었다. 단계가 있고 절차라는 게 있을 텐데 도대체 뭘 믿고 까불었는지 후회가 됐다.

반성하는 마음으로 '그 남자의 분리불안'과 '격정의 품위'를 밀어두고 《걸음이 느린 여자》를 쓰기 시작했다. 이러다 밀어둔 원고에 깔려 죽지 싶었지만, 일단은 까인 원고에서 시선을 돌려야 숨을 쉴 수 있을 것 같아서였다.

쟁임의 시간

하지만 인생은 역시 양면과 이면의 종합세트였다. 아이러니하게도 그 시간이 내게 도움을 준 것이다. 《걸음이 느린 여자》의 내용 때문이었다. 정확하게 말해서 통번역 대학원 출신의 번역가인 남주의 직업 덕분이었다. 내용의 흐름 상 그가 번역한 책의 내용이 짧게는 몇 줄, 길게는 몇 문단씩 드러나야 했는데 그 전부를 일일이 내 손으로 만들어야 했던 것이다.

또한 《걸음이 느린 여자》라는 제목 자체를 본문에 자연스럽게 심는 데도 공을 꽤 들였다. 도대체 어느 지점에 집어넣어야 가장 자연스러울지를 고민하다가 "여진은 그 자리에 책을 들고 서서 '번역 최정한'을 확인하고는 역자 후기부터 펼쳤다"고 한 후 거기에 주제를 털어 넣었다.

이 책 '걸음이 느린 여자'의 원제는 '사랑의 불행'이다.

…… 심리학자인 하이디 심슨은 여러 사례를 통해, 속도가 다른 사랑을 이야기하고 있다. 번역하는 과정에서 역자는, 사랑에 속도가 있다는 것을 생각도 고려도 해본 적이 없음을 깨달았고, 그로 인해 무척 괴로웠다.

이 글을 번역하기 전, 역자는 신기하게도 이 글을 이만큼 명쾌하게 설명하는 경우가 또 있을 수 있을까 싶을 정도로 딱 맞춤한 이야기 한 토막을 전해 들었다. 토끼하고 거북이가 달리기했을 때를 가정한 이야기였다.

만약에 토끼가 결승점을 통과한 시간이 30분 만이고, 거북이가 결승점을 통과한 시간이 두 시간 만이라고 할 때, 두 시간 뒤에 도착한 거북이는 안 힘들까에 대한 질문. 어쩌면 거북이는 30분 만에 달리기의 고통을 겪고 한 시간 반 동안 그 고통을 잊어버린 토끼를 보면서, 토끼보다 더한 고통을 느낄 수도 있지 않을까 하는 의문.

거북이는 단지 늦었을 뿐인데, 늦었다는 건 아무런 잘못이 아닌데 말이다. 그런데 잘못이 아닌 잘못으로 두 배의 고통을 겪어야 한다니, 가혹하기 이루 말할 수 없다. 토끼와 거북이가 우화에서처럼 경쟁 상대가 아니고 동행이라면, 토끼는 마땅히 거북이의 속도에 자신을 맞추어야 한다. 토끼는 거북이의 속도로 갈 수 있지만, 거북이는 토끼의 속도로 갈 수 없기 때문이다.

훗날 이 이야기를 연재했을 때, '하이디 심슨'을 검색했는데 사람도 책도 나오지 않는다며 궁금해하는 DM을 꽤 여러 건 받았을 정도로 반응이 나름 괜찮았다. 그러니 그렇게 만드느라 잡생각이 들 틈이 없었던 것이다.

그렇게 무려 네 이야기를 쟁인 상태에서 포만감에 배를 두드리며 제목을 수정했다. '모연의 반'은 《적심赤心》으로, '그 남자의 분리불안'은 《각성》으로.

여기서 '적심(赤心)'은 거짓 없는 참된 마음을 뜻하며 비슷한 말로 '단심(丹心)'이 따라 나온다. 단심은 속에서 우러나오는 정성스러운 마음이라고 풀이되어 있다. 재미있는 것은 '적(赤)'과 '단(丹)', 둘 다 '붉다'라는 의미의 단어라는 점이다. 한자다 보니 풀이가 좀 복잡하던데 나만의 느낌적 느낌에 의하면, 똑같이 붉은색이어도 적색은 집요하게 달라붙는 느낌이고 단색은 살살 달래는 느낌이 들어서 '단심'을 버리고 '적심'으로 선택했다.

이어서 한 작품, 한 작품 수정에 들어가 완결을 지었다. 분량은 대충 비슷했다. 《적심》은 약 106,000자, 《각성》은 약 93,000자, 《격정의 품위》는 약 105,000자, 《걸음이 느린 여자》는 약 88,000자.

지금은 몇만 자가 술술 나오지만 처음엔 볼륨이 잡히지 않아서 애를 많이 먹었다. 실제로 첫 책인 《각성》의 출간 전까지는 무조건 원고지 매수로 내 글의 길이를 확인했다. 하지만 원고지 매수는 본문 작성 시의 띄어쓰기에 따라 늘어나고 줄어들 수 있기 때문에 분량을 정확하게 반영하기 어렵다는 점을 나중에 배우게 되었다.

그러한 이유로 다른 분야의 전자책은 어떻게 하는지 몰라도 웹소설에서만큼은 글자 수로 계산을 한다. 한글 창에서 파일 → 문서정보 → 문서통계 순서로 들어가면 '글자(공백 포함)'와 '글자(공백 제외)'가 있는데 이 중에서 '글자(공백 제외)'에 따라 나온 수치를 확인하면 된다. 일명 공백 미포함이라고 해서 '공미포'다. 이 공미포로 책의 가격도 책정된다. 그나저나 왜 하필 공미포인지, 공포스럽게.

한 가지 더. 글자 수가 나와서 말인데 단편과 장편을 가르는 기준도 글자 수다. 일반문학계에서 공모전을 열 때 단편 원고지 몇 매, 장편 원고지 몇 매 식으로 공지하는 것과 같은 맥락이다. 경험한 바에 의하면 대략 8만 자 정도가 기준이 되는 것으로 보였다. 그 이하면 단편, 그 이상이면 출판사에 따라 중편 혹은 장편. 이거고 저거고 다 생략하고 아예 허도윤 소설, 허도윤 지음, 그렇게만 표기하는 출판사도 있었다.

다시 돌아가서.

수정을 마무리한 시점에 마음을 혁명적으로 바꿔 먹었

다. 출판사에 직접 투고하는 대신 독자가 있는 곳으로 가기로 말이다. 독자 반응을 통해 내 문체를 정리하기로 한 것이다. 바로 연재였고 당연히 무연, 즉 무료연재였다.

개미지옥 무연 판

당시는 2016년 하반기였는데 경험 없는 작가들이 재량껏 글을 올릴 수 있는 공간이 내 기준으로 적당히 있었다. 여기서 적당의 의미는 질릴 정도로 많은 것도 아니고 만만히 여길 정도로 적은 것도 아닌, 그 중간이라는 뜻이다.

그 적당 수의 플랫폼을 거의 뒤지고 다닌 끝에 최종적으로 골라낸 플랫폼은 ㄱㄴㄷ순으로 로망띠끄, 문피아, 북팔, 조아라 그렇게 네 곳이었다. 네이버에서도 무연이 가능한 리그를 운영하고 있기는 했으나 암만 들여다봐도 복잡해서 포기하고 그 네 곳으로만 추렸다.

분위기를 살피기 위해 드나드는 동안 경악을 금치 못했다. 무연인데, 한 마디로 머리 쥐어뜯으며 쓴 이야기를 거저 푸는 일인데, 그럼에도 불구하고 연재되는 작품의 수가 어마무시하게 많았던 것이다. 연재 주기가 다양함에도 매일 십수 편에서 수십 편까지 글이 올라온다는 것은 연재에 참여한 작가와 작가지망생이 그만큼 많다는 뜻이었다.

그것은 곧 경쟁률을 의미했다. 제대로 시작도 해보기 전에 기가 다 빨려 나가는 기분이었다. 주철 멘탈로 견딜 수 있을까 심란한 한편에 써둔 것이 아까워서라도 어떻게든 한다는 오기가 치올랐다.

며칠을 고민하고 또 고민한 끝에 내가 선택한 곳은 〈로망띠끄〉였다. 플랫폼 네 곳 가운데 가장 '여성여성'한 분위기—개편 이후로 달라지기는 했다—였다는 점도 한몫을 했지만, 가장 큰 이유는 댓글 수였다. 압도적이라고 할수 있을 정도로 많았다. 출판사에 대차게 까인 입장에서 뭐라도 유리한 팁을 얻어내려면 독자의 참여가 필수였기에 조금 무서웠지만 회원으로 가입했다.

가입했다고 해서 내 마음대로 할 수 있는 시스템은 아니었다. 처음 시작하는 예비 작가에게 선택지는 단 하나, 작걸방이라고도 불리던 '작가걸음마방'이었다. 그러니까 거기에만 내 글을 올릴 수 있었다. '걸음마'라는 단어가 그렇게나 심각하고 진지한 단어인지 처음 알았다.

독자들의 반응을 짚어보니 작걸방 쪽은 아예 쳐다보지도 않는 이도 있었고, 반면 성의껏 읽고 다른 회원들에게 읽어보라고 추천하는 이도 있었다. 나는 후자에 속한 이들을 믿기로 했다.

2017년 2월 3일 금요일

네 이야기 중에 어떤 이야기를 연재할지 본격적으로 고민하기 시작했다. 이상형 월드컵이 아닌 연재형 월드컵을 거쳐 가까스로 《적심》과 《각성》을 골라낸 뒤 또 한바탕 푸닥거리를 벌였다. 그래도 첫정이라고 《적심》에 마음이 기울었지만 시대물보다는 현대물이 좀 더 진입장벽이 낮을 거라는 판단하에 눈 딱 감고 《각성》을 선택했다.

이어서 플랫폼에서 요구하는 분량으로 소분하던 중 본디 제목이었던 '그 남자의 분리불안'으로 돌아갈까 하는 고민이 둥실 떠올랐지만 털어버렸다. 더는 머리 굴리기가 힘이 들었다.

《각성》에 대해 훗날 출판사 측에서 무지한 나를 대신해 정리해준 로맨스 키워드는 다음과 같았다.

#현대물 #로코물 #첫사랑 #친구에서연인 #순정남 #후회남 #집착남 #순진남 #외유내강 #시크녀 #자상녀 #상처녀

키워드니 해시태그니 부수적인 문제들에 대해 하나도 몰랐던 나는 훗날 신세계를 영접한 기분이 들고야 말 것이겠지만, 아무튼 그때는 눈에 들어오지 않았기에 오로지 내용에만 집중했다.

드디어 2017년 2월 3일 금요일, 1화와 2화를 '작가걸음마방'에 연달아 올렸다.

"그런 걸 각성이라고 하지."

모니터에 뜬 첫 줄 열 글자를 보는 순간, 긴장감으로 숨이 꼴깍 넘어갔다. 혹시 발견하지 못한 오탈자가 있나 눈이 빠지게 들여다보다가 이러다 지레 죽지 싶어 화면을 내렸다. 주사위는 던져졌고 활도 시위를 떠났으니 내가 할 수 있는 건 기다림뿐이었다.

하지만 그 와중에도 한 가지 사실만큼은 분명히 알 수 있었다. 남주가 엄청나게 욕을 얻어먹으리라는 것을. 에필로그 '이야기 속의 이야기', 그러니까 거의 마지막에 다다를 때까지 그 욕이 결코 멈추지 못하리라는 것을. 문제는 과연 내가 그 욕을 소화할 수 있을까, 였다. 사람의 심리란 것이 본디 나는 내 동생 때려도 남이 내 동생 때리는 꼴은 못 보는 법 아닌가. 앗 참, 나 동생 없지!

활용만점 키워드

바로 앞에서 《각성》의 키워드를 말했는데, 본디 이는 독자의 편의를 위해 구성되었을 것이다. 엄청나게 풀리는 웹소설을 일일이 다 훑어보는 데 무리가 있으니 선택지를 줄여주는 의미랄까. 그런데 이를 작가 입장에서 보니 거꾸로 내가 써야 할 스토리의 주제를 정리하는 데 도움이 되었다. 이런 것도 있었네, 혹은 이런 걸 쓰면 되겠네, 등등으로 말이다.

◇ 장르를 알려주는 키워드

현대, 실존역사, 가상시대, 대체역사, 판타지, 현대판타지, 정통판타지, 게임판타지, 퓨전판타지, 기갑판타지, SF·미래, 신화, 평행세계, 무협, 신무협, 전통무협, 캠퍼스, 학원, 오피스, 스포츠, 미스터리·오컬트, 궁정로맨스, 백합·GL, BL, 오메가버스 등

◇ 소재를 알려주는 키워드

전문직, 연예계, 스포츠, 법조계, 메디컬, 경찰·형사수사관, 군대, 조직·암흑가, 차원이동, 회귀, 타임슬립, 전생·환생, 영혼체인지·빙의, 귀환, 환생, 초능력, 초월적존재, 왕족·귀족, 외국인·혼혈, 하렘, 역하렘, 제왕, 왕자, 남

장여자, 바람둥이, 동거, 맞선, 속도위반, 베이비메신저, 시월드, 신데렐라, 기억상실, 오해, 복수, 권선징악, 천재, 인외존재, 할리킹, 할리퀸, 불치병·장애, 스파이, 생존, 성장, 감금, SM, 먼치킨, 게임시스템, 전사, 기사, 검사, 도적·암살자, 마법사, 퇴마사, 축구, 야구 등

◇ **관계를 알려주는 키워드**

재회, 오래된연인, 첫사랑, 소꿉친구, 친구〉연인, 운명적사랑, 라이벌·앙숙, 하극상, 사제지간, 나이차커플, 스폰서, 키잡, 사내연애, 비밀연애, 삼각관계, 갑을관계, 신분차이, 계약연애, 정략결혼, 선결혼후연애, 원나잇, 몸정〉맘정, 소유욕·독점욕·질투, 여공남수, 금단의관계, 애증, 다공일수, 일공다수, 국제연애 등

◇ **분위기를 알려주는 키워드**

달달, 로맨틱코미디, 잔잔, 성장, 힐링, 애잔, 신파, 추리·미스터리·스릴러, 피폐, 육아, 악녀시점, 이야기중심, 더티토크, 고수위, 하드코어, 삽질, 일상, 멜로, 고구마〉사이다, 비장, 에로틱, 서정적

이 외에도 더 많은 키워드가 존재한다. 아울러 대부분의 키워드에는 뒤에 '물'이 붙는다. 학원물, 하렘물, 피폐물처럼 말이다. 하지만 생략했다.

내 경우 '더티토크'에 꽂혀 머리를 맹렬하게 굴린 경험이 있다. 그런 쪽으로는 생각도 안 해봤는데 키워드를 보고 "아하!" 하게 된 것이다.

'더티토크'를 문자 그대로 풀이하면 '더러운 말'이지만 실제로는 '야한 말' 정도로 해석할 수 있다. 물론 '씬'에도 수위가 있듯이 '더티토크'도 천차만별이다. 애교스러운 수준에서 하드코어 수준에 이르기까지 다양하다. 나도《나만 애인 없어》를 통해 시도했는데 수위가 어느 단계인지는 잘 모르겠다.

소설에 힘주는 방법

그럼 이쯤에서 한 가지가 궁금해지기 마련이다.

어떻게 썼니? 그러니까 줄거리나 아이디어 그런 거 말고 구조랄까 구성이랄까. 사실 이건 개인차가 워낙 커서 정답이랄 것이 없다. 하지만 그래도 이 정도는 해야 하더라, 는 있지 않겠는가.

단행본의 경우에는 좀 자유롭다. 쓰고 싶은 대로 써도 '재미'만 있으면 흐름이 조금 별난들 크게 문제되지는 않는다. 그렇다고 본인 의식의 흐름 따라 막 써도 된다는 건 아니다. 가독성은 필수다. 회상장면을 남발한다든가, 시점이 오락가락한다든가 하면 안 된다. 내가 읽었던 웹소설들도 모두 술술 읽혔다.

단행본은 시장에 풀릴 때 책 소개, 미리보기, 가이드 내용 등으로 독자의 시선을 끌지 본문이 공개되는 일은 없다. 다만 구성상 대체로 '프롤로그'가 있고 '외전'은 거의 필수라는 점은 있다. '외전'의 경우에는 본문에 집어넣기 애매한 사연이나 사건의 이면, 서브주인공에 관련된 스토리, 2세 탄생을 포함한 주인공들의 후일담 등으로 구성하기도 하고, 때때로 이랬으면 어땠을까 하는 'if'로 색다름을 주기도 한다.

문제는 유료연재다. 유료연재는 보통 무료로 풀리는 1화와 2화에서 승부를 내야 한다.

저기요, 계속 읽다 보면 중간부터 끝내주는 장면이 나오거든요?

그런 거 안 통한다. 무조건 무료 분에서 시선을 사로잡아야만 유료화 결제로 이어진다. 한 마디로 앞부분에 영혼을 갈아 넣어서 독자를 이야기 편으로 만들어야 속 터지는 고구마 구간도, 죽죽 늘어지는 엿가락 구간도 함께 손잡고 지나갈 수 있는 것이다.

내가 작가가 아닌 독자였던 시절을 떠올려 보면 명확

해진다. 어느 정도 읽었는데 음…… 하게 되는 구간이 나오네? 이걸 계속 봐? 집어치워? 하지만 이미 주인공과 친해진 상태에서 결말이 궁금한 건 인지상정, 참고 끝까지 읽게 되더란 거다.

이건 내가 웹소설 작가가 되고 나서 한참 뒤 이야기인데, 출판사 담당자와 유료연재 이야기를 나눌 때 그가 이렇게 말했었다. '규칙은 아니지만 60화 정도를 연재한다고 할 때, 남녀주인공이 5화 이전에는 만나야 합니다. 더 늦어지면 곤란해요. 그리고 19금 버전의 경우에는 아무리 늦어도 15화에서 20화 사이에는 첫 씬이 나와 주는 것이 좋습니다'라고. 그에 의하면 유료 결재 이후에도 이탈하는 독자가 꽤 나온다는 사실을 유추할 수 있다. 그러니 초반에 힘을 제대로 줘야 한다.

오탈자는 너무 공포스러워하지 않아도 된다. 두 눈 멀쩡히 뜨고도 놓치는 게 오탈자인데 다행스럽게도 출판사 편집 담당자가 함께 찾아봐 준다. 그쪽에서도 놓치면 어쩔 수 없고. 멱살잡이할 것도 아니니 워워! 중요한 건 스토리.

[+]

필명을 지을 때 내가 남성형 중에서 골랐다고 했는데,

실제로 초반만 해도 나는 내가 남자 작가라고 생각하고 썼다. 그래야 선 굵은 이야기가 나올 거라 여긴 것이다. 왜 선이 굵어야 하는지도 모르면서 그냥 굵기를 바랐다. 그리고 그러한 해괴한 정신 상태를 훗날《당신이 증상입니다》의 외전에 삽입했다.

스포츠 전문 기자 출신으로 연애 소설을 주로 쓰는 소설가 허도윤은 기다란 백발을 검은 고무줄로 묶고 다니는 비쩍 마른 동안의 아저씨였다. 백발과 동안의 갭이 어찌나 큰지, 그를 여러 번 본 사람들도 허도윤의 나이를 간혹 헷갈려 할 정도였다.

아울러 평소엔 술을 거의 하지 않지만 한번 마셨다 하면 끝장을 보는 두주불사에, 굉장한 골초이기도 했다. 지인들은 허도윤이 삼킨 담배 연기가 그의 머리카락을 허옇게 만들었다고 지적하면서, 얼굴이 삭지 않은 게 얼마나 다행이냐고 덧붙이곤 했다.

담배도 그냥 담배가 아니었다. '수퍼주람'이라 해서 독하기로 따지면 둘째가라면 서러운 동남아시아 어느 나라의 정향 회사에서 만든 담배였다. 수입도 되지 않는 담배를 어찌어찌 구해 쟁여 놓고 허도윤은 '끽연빨'로 일을 하는 사람이었다.

3

다행으로
: 웹소설 작가가 되다

시작은 했으나 암담하기만 했다. 다음은 어떻게 해야 하지? 다른 사람들은 무얼 바라보고 그렇게나 열심히 무연을 밀고 나가지?

찾아보니 무연 중에 출판사로부터 콘택트(contact), 우리말로 선택 혹은 간택(簡擇) 당해 ―로열패밀리의 배우자를 고르는 간택은 揀擇(간택)으로 여럿 중에서 골라낸다는 뜻의 簡擇(간택)과는 한자가 다르다. 어쨌거나 공교롭게도 동서양이 죄다 '택'이다― 출간이 성사됐다는 후기가 제법 많았지만 시스템이 납득이 안 갔다. 만일 그렇다면 출판사에서 연재 글을 다 확인한다는 뜻인데 내가 보기에는 말이 안 됐다. 그러기엔 너무 많지 않은가.

어쨌거나 머리가 터질 것 같은 가운데서도 변하지 않는

사실은 무슨 일이 있어도 독자의 반응을 확인해야 한다는 점이었다. 내가 지은 이야기가 돈을 내고 읽을 만한 이야기인지 알아야만 다음을 도모할 수 있으니 당연한 결심이었다. 내심 또 까일 수 없다는 오기도 있었다.

첫 번째 택

다행스럽게도《각성》반응은 나쁘지 않았다. 조회 수도 높았고 댓글도 많이 달렸다. 간만에 재미난 글을 발견했다고, 정주행할 수 있어 행운이라고, 그러니 읽어들 보시라는 추천 글이 일주일 간격으로 게시판에 올라오기도 했다. 어찌나 감사하던지 게시자 아이디에 손가락을 대고 "복 받으실 거예요!" 하고 속삭이기도 했다.

그렇게 몇 화를 올렸을까. 어느 날 플랫폼 우체통에 불이 들어와 있었다. 클릭하니 보낸이가 연재 플랫폼인〈로망띠끄〉의 편집부였다. 다른 곳과 계약이 안 됐다면《각성》을 전자책으로 출간하고 싶다는 내용이었다.

헉! 그런 건 몇 번이나 확인하는 것이 도리였다. 그래서 확인하고 또 확인했다.

헉! 확인할 때마다 헉! 이런 거였구나, 헉!

나 같은 생 초짜, 날 초짜들한테도 이런 식으로 기회가

오는 거였구나, 헉!

머리 올려주겠다는 출판사가 눈물 나게 고마웠다. 세 번이나 까였던 나를 거두어주다니.

거절할 이유가 있을 리 만무 아닌가. 속으로 '황송! 황송!'하며 계약을 진행한 후 연재를 마치자마자 원고를 넘겼다. 그렇다고 '이제 나도 작가다!'라는 생각이 바로 들지는 않았다. 눈곱만큼도 안 들었다. 외려 더 열심을 짜내야 한다는 초조함과 조급함만 커졌다.

그런 의미에서 첫 연재를 마친 직후인 2월 15일 수요일에 《걸음이 느린 여자》의 연재를 시작했다. 이번에도 시작하자마자 〈로망띠끄〉가 바로 연락을 해왔다. 그것도 출간했으면 한다는 내용이었다. 오케이. 백골난망이어요!

그런데 며칠 되지 않아 다른 출판사 두 곳으로부터도 허도윤과 일해보고 싶다는 내용의 DM이 연달아 날아왔다. 무서우면서도 좋고, 부담되면서도 좋은 가운데 최대한 초연한 척하면서 연락이 온 순서대로 《격정의 품위》를 〈동슬미디어〉와, 《적심》을 〈와이엠북스〉와 계약했다. 얼마 뒤 연락이 온 〈뿔미디어〉와 함께 나는 2018년까지 2년 동안 이 네 군데 출판사와 작업을 하게 된다.

다 써둔 상황이었지만 바로 원고를 넘기지는 않았다. 연재를 거치고 독자의 반응을 살펴 수정하고 보완한 다음에 보내는 것이 좋겠다고 판단해서였다.

시간은 술술 흘러 《걸음이 느린 여자》의 연재가 끝이 났고, 3월 3일 금요일에 《격정의 품위》를 연재한 데 이어 그달 31일 금요일에는 내 첫 이야기였던 《적심》의 연재를 진행했다. 모두 다 출간처가 정해졌다니, 까인 지 몇 달도 안 된 사이에 세상이 달라졌음을 알 수 있었다. 나는 《각성》의 출간을 기다리면서 《그 개는 옳았다》를 쓰기 시작했다.

나에게도 옳았던 그 개

《그 개는 옳았다》는 내 개에게서 비롯된 이야기이다. 2014년 늦봄 한 SNS에 입양을 기다리고 있다는 글과 함께 올라온 아이의 사진을 보고 심장이 내려앉는 기분에 데려온 내 개.

두 살로 추정되는 남아에 피부 상태가 별로 좋지 않다는 기본 정보만 가진 채로 하룻밤을 옆에 끼고 잔 뒤 동물병원에 검진을 의뢰했다. 그런데 엑스레이 사진을 보고 경악했다. 왼쪽 뒷다리가 불구나 마찬가지였다. 어쩐지 뛸 때 조금 뒤뚱거리더라니. 의사는 누가 때렸다기보다는 어디에 심하게 부딪혀서 생긴 장애라고 추측했다. 예를 들자면 달리는 자동차나 오토바이 같은 것. 그렇다고 하기에는 자동차와 오토바이를 전혀 무서워하지 않았지만 비전문가인 내 눈에도 사고를 당했음은 명백해 보였다.

문제는 수술이 불가하다는 점이었다. 이미 부러진 상태에서 신경이며 근육이 다 자리를 잡았기 때문에 굳이 들쑤셨다가는 위험할 수 있다는 소견이었다. 한 마디로 다리에 무리가 가지 않는 선에서 살살 살아야 한다는 뜻이었다.

주인에게 버림받았는지 아님 잃어버렸는지, 혼자 떠돌다가 다쳤는지 다치는 바람에 떠돌게 됐는지, 그야말로 아무것도 모르고 가슴만 미어질 뿐인 상황에서 이후 1년 동안 중성화수술을 제외한 큰 수술을 세 번이나 했다. 신장 결석 수술, 횡격막 탈장 수술과 재수술. 면역력이 급속도로 떨어지면서 알레르기가 폭발했다. 그 과정에서 얼마나 울었는지 모른다. ─혹시 내 개의 현재 안부가 궁금하실까 하여 말씀드리자면 살살 잘 살고 계신다.─ 그때의 심정을 고스란히 담은 것이 바로《그 개는 옳았다》였다.

쓰면서 개인적인 한풀이로 여겼다. 개가 서브남주의 분량을 차지하는데 그걸 어느 웹소설 독자가 좋아하겠느냐고, '먹힐' 리 없다고 판단한 것이다. 그럼에도 쓸 수밖에 없었다. 주인공인 재혁과 은동에게 '그 개'가 최선으로 보였기 때문이다. 그런데 의외로 반응이 좋았다. 프로모션을 받은 것도 아닌데 예스24 전자책 순위에서 한동안 1위도 했다. 지금도 수많은 독자분이 허도윤의 대표작으로 《그 개는 옳았다》를 꼽아주신다.

아울러 《그 개는 옳았다》는 내게 또 한 군데의 출판사와 인연을 닿게 해주었다. 바로 앞서 언급한 〈뿔미디어〉가 연재하는 중에 DM을 보내온 것이다. 다음 이야기인 단편 《당신 없이 나는(칠일의 기록)》을 〈와이엠북스〉에 넘기기로 하고, 그다음 이야기의 기획안을 손보고 있던 시점이었기에 일말의 망설임 없이 손을 잡았다.

시리즈는 고생도 시리즈

기획한 이야기는 〈기하고등학교 4대 천왕〉 시리즈로 4권 연작이었다.

기하고등학교의 4대 천왕이라 하면, 다음과 같다. 전형적인 마이웨이 스타일의 싹수머리 없는 '박사' 서재필, 늘 혼자 움직이는 대체 불가 짱 '대장' 민주한, 피아노 치는 우아한 뇌섹녀 '강신' 강우연, 그리고 매너 좋기로 유명한 영재 초식남 '퀸' 우해강. 그러니까 외모부터 재능까지 신이 특별히 신경 써서 어루만진 다음 세상에 내놓은 인종들. 하지만 사랑 앞에서만큼은 그들도 하늘의 덕을 누릴 수 없었으니, 다시 말해서 순전히 제 할 노릇이었던 것이었던 거시다.

《애인이 미남입니다》, 《유턴후 직진입니다》, 《당신이 증상입니다》, 《함수의 포로입니다》로 이루어진 〈기하고등학교 4대 천왕〉 시리즈는 종종 학원물로 오해를 받곤 하지만 명백히 아니다.

《그 개는 옳았다》가 대외적으로 나를 조금 알려지게 한 이야기라면 대내적으로, 즉 개인적으로는 〈기하고등학교 4대 천왕〉 시리즈가 나를 더 발전시켰다. 인문계, 체육계, 예술계, 자연계로 4대 천왕의 성향을 구분하고 1편과 4편을 수미상관으로 엮고, 고등학교 시절이 차지하는 분량을 각각 조절하고, 이야기의 전개 구조에도 차이를 두고, 네 이야기를 교차하는 사건들을 계산하고, 특히 《당신이 증상입니다》에 들어간 수많은 노랫말 작업에 이르기까지, 박 터지고 입에선 단내가 날 정도로 치러낸 과정이 한둘이 아니었기 때문이다.

그럼에도 시리즈 작업은 희열을 느끼게 했다. 아니나 다를까, 〈기하고등학교 4대 천왕〉 시리즈를 털면서 다시는 시리즈 안 한다고 입에 칼을 물어놓고도 그 희열을 잊지 못해 이후 두 권짜리 연작을 세 번 더 시도했다. 《달고나1, 향》과 《달고나2, 맛》, (BL)《바텐더 미스터 리의 밸런타인 미스터리》와 《에로작가 미시즈 연의 고품격 애로사항》, (BL)《면사포 사용설명서(White Marriage)》와 《비키니 제작 의뢰서(Red Catalogue)》. 그랬다. 나는 변태였던 것이다.

마냥 좋기만 한 건 없다는 진리

〈기하고등학교 4대 천왕〉 시리즈를 작업하는 과정에서 종이책 출간의 기회가 왔다. 〈뿔미디어〉가 종이책도 출간하는 출판사라서 가능한 일이었다.

실제로 모든 웹소설 출판사가 종이책을 출간하지는 않는다. 현재 2021년 3월까지 인연을 맺어온 출판사가 총 열네 곳인데 전자책만 출간하는 곳이 더 많다. 따라서 종이책 출간을 목표로 삼는다면 출판사를 골라야 하며, 출판사마다 종이책 출간의 기준이 되는 원고 분량이 조금씩 다르기 때문에 그것도 맞춰야 한다. 어쨌거나 기회가 왔고, 그때까지 전자책으로만 출간하던 나는 당연히 흥분했다. 하지만 종이책 출간은 여러 면에서 만만치 않았다.

일단 종이책 출간은 같은 작품이라도 계약서가 달랐

다. 종이책과 전자책의 유통 시스템 자체가 다르니 당연했다. 확인해둬야 할 항목이 더 늘어났다. 편집 과정도 더 오래 걸렸다. 전자책은 출간 후에 오탈자나 오류를 발견하면 수정할 수 있지만 종이책은 그렇지 못하기 때문이다.

또 종이책 출간과 전자책 출간 사이의 텀, 간격도 신경을 써야 했다. 〈기하고등학교 4대 천왕〉 시리즈의 경우에는 전 시리즈가 종이책으로 출간된 이후인 2018년 11월 12일에 전자책 출간이 진행됐기 때문에 시리즈의 첫 번째 작품으로 2017년 12월 19일에 출간된 《애인이 미남입니다》의 경우에는 거의 1년 만에야 전자책으로 풀린 셈이었다. 애가 닳아 죽는 줄 알았다. 종이책은 전자책만큼 독자의 반응을 바로바로 살필 수가 없어서였다. 당연한 건데, 막상 닥치고 보니 예상보다 힘이 들었다. 앞선 여섯 권에서 이미 '실시간'을 겪었기에 더 답답했다.

그렇게나 마음고생을 했음에도 불구하고 〈기하고등학교 4대 천왕〉 시리즈의 전자책 출간이 완료되고 약 넉 달 후인 2019년 3월에 나는 《호모 로맨티쿠스의 최후》로 한 번 더 종이책을 시도했다. 출판사도 종이책 출간이 가능한 〈동아〉였다. 책도 예뻤고 자존감도 충족됐지만 외려 종이책에 대한 미련을 완전히 접는 계기가 되었다.

그도 그럴 것이 내가 처음에 웹소설을 만났을 때가 자

꾸 떠올랐다. 어두컴컴한 방에 웅크린 자세로 조그만 휴대폰 액정에 비친 활자를 술술 넘기면서 조금씩 우울에서 벗어나던 바로 그때가 말이다. 아마 종이책이었다면 쉽지 않았을 것이었다.

일단 종이책은 글자를 비출 별도의 조명이 있어야 했을 테고, 아무리 얇아도 기본적인 두께가 있으니 몇 페이지짜리인지 확인하며 이거 언제 다 읽지 하고 마음도 먹어야 했을 테고, 부피와 무게에 따라 읽는 자세도 따로 잡아야 했을 테니까. 무엇보다 전자책은 내가 뭘 하는지 들키지 않을 수 있지만 종이책은 아니었다. 나 지금 뭐 읽고 있다가 다 드러나지 않나 말이다. 아, 싫어라!

물론 종이책을 낸다고 전자책을 생략하는 것은 아니니 굳이 종이책에 대한 미련까지 접을 필요가 있겠나 싶겠으나, 결정적으로 분량에 차이가 있었다. 전자책은 그리 길지 않고 가격이 착해서 부담 없이 읽을 수 있었는데, 종이책을 함께 내려면 일단 내가 아주 긴 이야기를 써야만 했던 것이다. 그 점이 즐겁지 않았다. 다른 작가들은 어떤 마음인지 모르지만 나는 그랬다.

레이블 아니고 에이블, 프로모션 아니고 로코모션

또 하나. 나는 웹소설 출판계에 그렇게나 많은 레이블이 있는 줄 전혀 몰랐다. 당시 〈뿔미디어〉 측에서 〈기하고등학교 4대 천왕〉 시리즈를 자사의 레이블인 '다향'과 '스칼렛' 중에서 '다향'으로 결정했다고 알려왔다. 실제로 시리즈 전권의 표지에는 출판사 이름이 아니라 레이블인 '다향'의 로고가 박혀있다.

이처럼 출판사 이름과 레이블이 다른 작업은 2020년 4월 2일에 스물아홉 번째 이야기인 《압축풀기.zip》을 출간할 때까지 내게 유일무이한 경험이었다.

그러던 2020년 4월 24일, 《제2왕비 혜용》을 〈로크미디어〉의 레이블 '르네'를 통해 출간하면서 다시금 레이블 시대를 시작하게 되었다. 이어서 《신데렐랑郎》을 〈코핀커뮤니케이션즈〉의 레이블인 '튜베로사'를 달아, 《바디 프리즘》을 〈문피아〉의 레이블인 '스텔라' 이름을 달아 세상에 내어놓았고, 현재는 《러너스 하이》가 〈마이디팟〉의 '라떼북'으로 출간 대기 중이며, 동시에 〈CL production〉의 'KW북스'로 출간될 《킬로정표》를 쓰고 있기도 하다.

한두 군데와 작업할 땐 몰랐지만 지금은 꽤 헷갈리는 상태라고 하겠다. 어떤 곳은 출판사라는 정체성 하에 레이블만 달랐던 반면, 어떤 곳은 콘텐츠 기업으로서 출판 자체가 그 하위에 속하는 경우도 있기 때문이다.

하지만 중요한 점은 쓰는 입장에선 책이 어떤 이름으로 나오든 큰 차이가 없다는 사실이다. 물론 출판사에서 비중 있게 관리하는 프리미엄 레이블인 경우에는 프로모션을 받는 데 유리한 면이 있다. 당연히 노출의 크기와 횟수로도 연결이 되기 때문에 내용만 좋다면 달리는 말에 날개를 달아주는 형국이랄까. 하지만 세상사 전부가 그러하듯 해피엔딩이 보장된 길은 없었다.

맞춤한 예를 하나 들자면, 《신데렐랑郎》은 2020년 11월 1일 일요일에 〈리디북스〉를 통해 출간되었다. 〈리디북스〉를 비롯한 많은 전자책 판매 플랫폼에서는 매달 말일이면 다음 달에 출간될 신간 리스트를 '캘린더'로 작성해 공개한다. 1일 출간도 일요일 출간도 처음인지라 긴장이 돼서 다른 때 같으면 느긋하게 확인했을 캘린더를 득달같이 열어보았다.

그런데 언뜻 봐도 풀리는 신간 수가 다른 달에 비해 유난히 많아 보였다. 그래서 세기 시작했다. 중간에 한번씩 놓쳐가며 다 센 결과 2백 권이 넘었다. 기절초풍할 노릇이었다. '이 경쟁률 실화냐?' 하는 소리가 절로 나왔다. 하지만 그 와중에도 나를 안심하게 하는 사실이 있었다. 《신데렐랑郎》이 달고 나온 '튜베로사'가 〈코핀커뮤니케이션즈〉의 프리미엄 레이블인 데다 《신데렐랑郎》이 심지어 1호였다는 점이다. 당연히 프로모션이 빵빵했기에 '나 믿소!' 하는 포인트가 있을 수밖에 없었다.

하지만 안타깝게도 결과는 기대보다 못했다. '아니, 아예 안 팔린 것도 아닐 텐데 무슨 욕심이 그리 커?' 해선 안 되는 것이 프리미엄 레이블 1호의 위신이라는 것이 있고, 편집자가 들인 공력이 있는데 적어도 기대한 만큼은 결과가 나와 줘야 함이 당연한 이치 아니겠는가.

이때 한 번 더 깨달았다. 레이블과 프로모션의 덕을 보는 데는 한계가 명확하다는 것을. 레이블(label)이 아니라 에이블(able), 내가 짜낼 수 있는 능력치가 관건이고 프로모션(promotion)이 아니라 로코모션(locomotion), 내 두개골의 운동능력이 관건이라는 것을. 거의 모든 책임은 쓰는 자인 나 자신에게 있다는 것을. 그러니까 어디 묻어갈 생각 따위는 해선 안 된다는 것을. 참으로 부담되는 결과였다.

물론 프로모션은 당연히 받는 것이 좋다. 좋다 뿐이겠는가. 프로모션 여신의 '머리끄덩이'를 잡아서라도 받을 수 있다면 무조건 받아내야 한다. 받고 나면 둠칫 두둠칫, 춤이라도 춰줘야 한다. 하지만 그것과 별개로 받지 못했다고 반드시 망하는 것도 아니고, 받았다고 반드시 흥하는 것도 아니더란 거다.

그 와중에 또 까임

그랬다. 그 와중에 또 까였다. 대체 어디서 왜?

〈기하고등학교 4대 천왕〉 시리즈가 4권짜리다 보니 권당 분량은 약 11만 자, 약 12만 자, 약 14만 자, 약 15만 자로 차이가 났지만 모두 합하면 50만 자가 넘었다. 이를 감안해 출판사에서 네이버 심사에 넣겠다고 알려왔다. 유연, 즉 유료연재 심사였다.

유료연재 양대 산맥인 네이버와 카카오의 유연은 작가가 하고 싶다고 할 수 있는 것이 아니다. 심사를 거쳐야 하며 심사 기간도 대단히 길다. 몇 달은 예사인 것으로 알고 있다. 따라서 출판사에서는 심사 기간을 감안해 시리즈 전권이 나오지 않은 상황에서 내용을 정리해 심사를 넣었다. 그게 까인 것이다. 약 1년 전에 세 출판사로부터 빛의 속도로 까이던 때가 떠오르면서 한동안 우울감에 시달려야 했다. 이후로는 심사에 들어갈 일이 없었다. 유연 분량의 긴 이야기를 쓰지도 않았고 쓸 생각도 없어서였다.

그런데 2019년 초여름 〈뷰컴즈〉와 《평균율》을 계약하는 시점에 다시 유연 이야기가 나왔다. 이번엔 〈리디북스〉

유연이었다. 〈기하고등학교 4대 천왕〉 시리즈를 쓰기 시작했을 때가 2017년 초여름이었으니 정확히 2년 만이었다. 그 2년 동안 쌓인 짬이 있으니 되겠지 하는 자신감으로 편집자와 함께 준비했으나 이번에는 출판사 자체 검토 과정에서 유연보다는 단행본이 낫겠다고 결론이 났다.

나름 까인 건데 또 아팠겠다고? 전혀 아니었다. 네이버 심사와 출판사 검토는 애초에 결이 달랐다. 네이버 심사는 '취할 것만 취하고 나머지는 돌려보내기'지만 출판사 검토는 '취한 상태에서 자리 만들어주기'니까 말이다. 더 잘될 쪽으로 밀어주겠다는데 아플 일이 무언가.

다만 내 글의 어떤 점이 유연으로 가는 길을 가로막는지는 궁금했다. 하지만 어느 누가 이건 이렇고 저건 저렇다고 미주알고주알 설명해주겠는가. 잘못 말했다가는 작가의 멘탈이 부서져 글을 전혀 쓸 수 없게 될지도 모르는데. 게다가 그 설명이 정확하다는 보장도 없을뿐더러, 정확하다 한들 내 문체를 교정할 자신도 없었다.

물론 어느 정도는 추측이 가능했다. 예를 들어 일반 소설은 의식의 흐름을 따라 이리 갔다가 저리 갔다가 하며 써도 작품이 되고, 대화 한마디 없이 지문만으로 끌고 가도 작품이 된다. 심지어 마침표가 몇 개 나오지 않는 작품도 있다.

반면 웹소설은 그렇게 해선 안 된다. 프롤로그에서 언급한 영화소설처럼 대사와 지문이 적절하게 어우러져야 한다. 꼴리는 대로 써서 흐름이 불친절해지면 독자에게 외면당하기 십상이다. 그 전에 출판사에서 내주지도 않는다. 그런데 유연은 거기서 한 발짝 더 나아가는 듯했다. 앞서 나온 '영화소설' 혹은 '드라마소설'의 현실판이랄까.

바로 그 한 발짝이 문제였다. 그 한 발짝을 어느 방향으로 어디에 놓아야 할지 모르다 보니 그 경계를 넘는 데 실패한 것이다. 내가 워낙 단행본 위주로만 웹소설을 읽은 까닭에 나도 모르게 틀이 그렇게 잡혀서일 수도 있고. 원체 연재를 안 좋아하다 보니 연재에 대한 감 자체가 없어 적응하지 못해서일 수도 있다.

웹소설 판을 들여다보면 단행본과 유연을 자연스럽게 넘나드는 훌륭한 작가들이 ─솔직히 말하자면 이 책도 그분들이 썼으면 더 좋았을 수도─ 굉장히 많다. 하지만 나는 결국 거기에 끼지 못했고 앞으로도 끼지 못할 것이다. 이젠 시도할 의사 자체도 없다.

여기서 잠깐. 허도윤 작품이 〈카카오페이지〉에는 연재로 돼 있던데 그럼 그건 무언가, 할 수도 있겠다. 그건 플랫폼의 특성상 쪼갠 거다. 내가 무연 때 했듯이 단행본을 소분했다는 뜻이다.

다시 돌아가서.

그럼에도 내가 웹소설 자체를 그만두지 않을 수 있었던 이유는 반드시 그 경계를 넘어야만 웹소설 작가로 살 수 있는 건 아니기 때문이다. 단행본만으로도 충분히 활동할 수 있다. 있다! 있다!!

어쨌거나 그 시점에 나는 유연을 90퍼센트 정도 포기했다. 하지만 그래도 혹시 모른다는 기대 섞인 심정과, 뭘해도 삼세번은 기본이지 하는 오기로 《Him》때 한 번 더유연의 여부를 검토했다. 결론은? 역시나 단행본으로 가닥이 잡혔다. 이후로는 유연 검토를 시도조차 하지 않았다. 단행본으로만 가기로 마음을 먹은 것이다.

간혹 출판사에서 유연을 시도해볼 생각은 없느냐고 물어오기도 한다. 그때마다 칼같이 대답한다. 없다고, 안 한다고. 실은 능력이 안 돼서 못하는 거다. 이랬다가 나중에 장편 써서 유연 되면? 좋지 뭐!

남의 시집살이 팔아 내 돈 벌기

〈기하고등학교 4대 천왕〉 시리즈를 무사히 마친 나는 《부엉이 연가戀歌》를 시작했다. 주제는 시집살이! 새로운 이야기를 써서 내밀 때마다 '이럴 줄 몰랐어!'가 으레 따라 나왔지만 《부엉이 연가》는 그중에서도 'more_이럴 줄 몰랐어!'였다.

사실 시집살이를 다룬 이야기가 처음은 아니었다. 단편 《당신 없이 나는(칠일의 기록)》에도 나름 시집살이가 양념처럼 들어가 있다. 하지만 《부엉이 연가》는 '본격'을 붙여도 될 만큼 독한 시집살이가 뼈대였다. 그래도 그렇게까지 반응이 뜨거울 줄은 몰랐다. 별도의 프로모션을 받지 못했음에도 제법 나가는 걸 보면서 어안이 벙벙했다.

그래서 이때 시집살이물에 재미를 붙였느냐고? 천만에 만만에. 출간 전에 〈로망띠끄〉에서 무연을 진행했는데 독자분들이 어찌나 속상해하시던지 내 정신이 다 너덜너덜해져 시집살이를 다루고픈 의욕을 잃어버린 것이다. 멘탈이 주철 아닌가.

하지만 시집살이가 쏠쏠한 소재인 건 사실이어서 약 1년 반 뒤에 《계몽시대》를 통해 한 번 더 살짝 간을 보았고, 그로부터 반년 뒤에는 아주 작정하고 제목까지 《시집유감》으로 지어 시집살이를 풀었다. 독하게 지어서였는지 《시집유감》은 플랫폼 〈원스토어〉에서 꽤 여러 날 동안 1등을 '먹었다.'

출간할 때마다 하나씩 배울 점이 생기는데 이때 배운 건 기왕 시집살이를 쓰려면 가차 없이 써야 한다는 점이었다. 당연히 정신무장도 해야 하고 말이다. 사이코패스가 아닌 이상 여주 괴롭히면서 즐거울 수는 없지 않겠는가.

내 눈과 독자 눈 사이의 갭

《부엉이 연가》 이후는 앞서 잠시 언급했던 〈달고나〉 시리즈였다. 《달고나1, 향》과 《달고나2, 맛》으로 이루어진 이 시리즈는 두 이야기 간에 교차되는 부분이 많다. 이게 중요한 게 아니라, 당시 〈달고나〉 시리즈를 출간한 〈동슬미디어〉에서 두 작품을 굉장히 좋게 보고 공격적으로 움직여 〈리디북스〉로부터 단독 배너를 따냈다. 솔직히 말해서 출판사가 용쓴다고 〈리디북스〉가 막 자리 내주고 그러지는 않는다. 2년 동안 열두 권을 꾸준히 써온 데 대한 인정이었다고 이해하는 바다.

꾸준히.

말이 나온 김에 보태자면, 나는 이 꾸준함을 굉장히 중요하게 생각하는 편이다. 성격 자체가 원래 그렇게 생겨먹었다. 그렇다고 꾸준하지 않은 다른 누군가를 비난하거나 비판하지는 않는다. 다 생긴 대로 자기 팔 자기가 흔들면서 사는 것 아니겠는가. 꾸준하다고 성공하는 것도 아니고 꾸준하지 않다고 실패하는 것도 아니며, 그 전에 인생이라는 것이 성공해야만 가치가 있는 것도 아니다. 인생에서의 성공 기준이 무언지도 모르겠고 말이다. 그러니 태어난 김에 산들 누가 뭐랄 것인가.

하지만 내 일에서만큼은 꾸준해야 직성이 풀렸다. 기준선을 정하고 거기까지는 간다, 랄까. 그래야 나중에 포기해도 후회를 안 하고 미련을 떨지 않을 거라 확신해서였다. 바로 그 꾸준함의 덕을 보았다고 내 마음대로 짐작하고 있다.

그렇게 단독 배너까지 따냈음에도 〈달고나〉 시리즈는 그저 그런 성적을 거두었다. 이렇게 말하면 출판사에서 서운하게 여길 수도 있겠으나 내 성에는 확실히 차지 못했다. 〈리디북스〉에 뜨는 허도윤 이름의 전자책 리스트를 훑어봐도 〈달고나〉 시리즈에 달린 댓글 수가 현저히 적다. 물론 댓글 수가 적다고 해서 내용의 수준이 떨어진다는 뜻은 아니다. 평도 나름 괜찮다고 ―여기서 한 번 더 말하는데, 내 얘기 거지 같아요, 하는 작가는 없다. 그런 마인드로는 책 내기 힘들다― 할 수 있다. 그럼에도 단독 배너까지 달고 으샤으샤한 데 비하면 별로였다.

나는 정말이지 〈달고나〉 시리즈가 《그 개는 옳았다》나 《부엉이 연가》보다 잘 될 줄 알았다. 책이 잘 되고 못 되고는 독자에게 달렸지 내가 정하는 것이 아닌데도 도대체 무슨 근거로 그렇게 확신했는지 알다가도 모를 일이지만 하여간 그때는 그랬다.

하지만 〈달고나〉 시리즈를 계기로 나는 훨씬 덜 흔들리게 됐다. 무려 열네 권이나 책을 내고서야 심리적으로 일정 수준의 안정을 찾은 것이다. 그러니까 이런 거였다.

—조바심치지 말고 이대호 선수만큼만 한다, 하라고.

"야구 선수 이대호 말씀입니까?"

—어. 그 선수 타율이 3할이거든.

사람은 알아도 성적까지는 모르는 터였다.

—3할이 뭔지는 알지? 열 번 중에 세 번 친 거라고.

"예."

—그런데도 굉장히 성공한 걸로 봐 주지. 그만큼 치기가 어렵다는 반증이고.

"예."

—그러니 세 번만 성공하자, 하는 마음으로 살면 되네. 열 번 다 안타 쳐야지 하고 힘줬다가는 망해. 방출이라고.

—《중간지대 ; Retro Stage》

그리고 이 안정은 이후의 작업에 긍정적인 영향을 미쳤

다. 사람이 눈치를 덜 보기 시작하면, 그러니까 '배 째!'가 되면 훨씬 더 자유로워지기 때문이다.

[+]

대단히, 몹시, 굉장히, 아주 중요한 부분을 빼먹고 지나갈 뻔했다. 출간이 되었으니 얼마든 벌었을 텐데 그것을 말해야 할 것 아닌가.

이실직고하자면, 5월 1일에 첫 책 《각성》이 출간되고 그달 말일인 31일에 2,880원이 입금되었다. 일반적으로 다음 달에 정산이 된다는 점에서 휴대폰 액정에 난데없이 찍힌 2,880원을 보고 몹시 놀라지 않을 수 없었다.

잘못 들어온 건 아닐까? 너무 현실적인 액수라서 더 잘못 들어온 것 같은데? 하지만 설령 그렇다 해도 내 수중에 들어온 이상 땡이지. 음…… 뭐 사 먹지?

그게 끝이냐고? 다행스럽게도 아니었다. 다음 달인 6월 30일에 764,130원이 입금되었다. 다른 플랫폼에 풀리기 전이었으므로 순전히 〈로망띠끄〉에서만 팔린 액수였다. 그러니까 764,130원에 2,880원을 더한 767,010원이 웹소설 작가로서 내가 번 거룩한 첫 수입이었다.

4

열심모아
: 웹소설 작가로 웹소설을 쓰다

이야! 이번엔 내 쫌 썼는데?

내가 그렇게 판단했다고 잘 되는 건 아니었다. 내 눈은 그냥 나한테만 편파적인 눈일 뿐이었다.

작가님, 이번 이야기 아주 좋습니다!

담당 편집자가 그렇게 칭찬해줬다고 해서 잘 되는 것도 아니었다. 아무리 전문가라고 해도 담당 편집자 또한 호불호를 가진 개인이었다. 무엇보다 진짜 좋아서 좋다고 한 건지 기죽을까 봐 좋다고 한 건지, 그걸 어찌 알겠나.

한 마디로 이야기의 운명을 쥐고 흔드는 존재는 오로지 독자였다. 그럼에도 한 가지는 분명했다. 쓰는 과정이 즐거우면 아무리 못해도 1루타는 친다는 것을. 병살에 삼진만큼은 면한다는 것을.

여기서 '즐겁다'는 아이디어가 막 샘솟아서 앉은 자리에서 다 썼다는 뜻은 결코 아니다. 작곡가의 경우에는 영감이 임하면 몇십 분 만에도 곡 하나를 만들어낼 수 있다지만 글은 기본적으로 노동이기 때문에 시간이 필요했다. 그리고 노동은 어떻게 해도 고생스럽다. 따라서 이 문장 속에서의 '즐겁다'는 힘들어도 즐거울 수 있고 어려워도 즐거울 수 있다는 점을 전제로 한 액면 그대로의 순수한 즐거움을 의미한다 하겠다.

시대물에의 집착

내가 쓴 첫 이야기가 《적심》이었다는 데서 알 수 있듯이 나는 시대물이 좋았고 지금도 좋다. 하지만 현대물에 비해 작업 과정이 힘들기 때문에 자주 시도하지는 못하고 있다. 그도 그럴 것이, 아무리 가상의 시대를 다룬다고 해도 개연성이 있으려면 시대의 흐름을 입혀야 했다. 그때 그랬기 때문에 이러저러한 사건을 거쳐 지금 이 꼴이 났다는 서사가 있어야 이야기가 진행되지 않겠는가. 수많은 시대물을 읽으면서 시대의 흐름이 매끄럽지 못하면 판타지처럼 느껴진다는 것을 깨달았기에 더 그러했다. 따라서 자료조사가 필수인데 그 과정이 진심으로 만만치 않았던 것이다.

지금까지 내가 쓴 시대물은 출간 순서대로 《적심》, 《금단의 서리》, 《연비노미, 조선의 타투이스트》, 《제2왕비 혜용》, 《신데렐랑郞》 그렇게 총 다섯 편이다. 이 중에서 《적심》과 《금단의 서리》는 본디 한 이야기로 구상했다가 아무래도 여주와 서브여주를 분리해야겠다는 판단하에 둘로 찢은 케이스이다. 첫 시도였기에 주제도 무겁지 않았다.

하지만 《연비노미, 조선의 타투이스트》부터는 '빡세다!'는 탄식이 절로 나왔다. 분량도 약 24만 자나 되는 장편이었던 데다 별것을 다 응용해야 했기 때문이다. '일러두기'를 보면 감이 온다.

이 이야기는 《하멜 표류기》에서 영감을 받아 시작되었습니다. 내용인즉슨, 하멜 일행이 제주도에 표착했던 효종 조의 조선에는 이미 네덜란드 드레이프 출신의 '얀 야너스 벨테브레이'라는 사람이 존재하고 있었습니다. 그는 1626년에 홀란디아 호를 타고 조국을 떠나 1627년에 아우베르커크 호를 타고 일본으로 향하던 중 풍랑을 만나면서 조선 연안으로 떠밀려온 이였습니다. 당시 함께 붙잡혔던 드레이프 출신의 '디르크 헤이스버츠'와 암스테르담 출신의 '얀 피테르서 페르바스트'는 병자호란

당시에 사망하고 '얀 야너스 벨테브레이'만 남은 상태였
는데, 바로 그가 조선 정부와 하멜 일행의 가교 역할을
일부 담당했던 것으로 기록되어 있습니다.

그렇다 해도 이 이야기는 전적으로 허구입니다. 특히,
이야기의 바탕이 되는 세 가지 주요내용 가운데 ①'구천
(九賤)'은 조선에 실제로 존재했던 '팔천(八賤)'을 응용한
가상의 계급으로 ②추가된 '연비노미'는 문신을 뜻하는
'연비'와 '놈'을 연결한 가상의 직업이며 ③'길슈타인'과
'동동곡' 또한 각각 저자가 만들어낸 가상의 나라와 가상
의 지역입니다.

다음으로 쓴 《제2왕비 혜용》은 배경이 가상의 통일가
야시대로 스케일이 더 커졌다. 이 또한 약 24만 자 정도
되는 장편이었으며 상상력을 엄청나게 동원해야 했다.

《제2왕비 혜용》은 '가야연맹'에서 시작되었습니다. 가야
연맹이란 고대 낙동강 일대에 자리했던 김해의 금관가
야, 고령의 대가야, 함안의 아라가야, 고성의 소가야, 성
주의 성산가야, 진주의 고령가야 등 여섯 나라를 이릅니
다. 하지만 서기 600년이 되기 전에 신라에 흡수되었고,
그들의 역사를 들여다볼 만한 기록 자료는 거의 남아 있

지 않은 상태입니다. 물론 당시에는 국명에 '가야'가 들어있지 않았으며, 6연맹에 속하지 않은 다른 가야도 존재했다고 합니다.

《제2왕비 혜용》은 바로 그 시대를 빌려 와 배경으로 삼은 이야기입니다. 기존의 6연맹에 가상의 나라 '대방가야'를 포함시킨 7연맹과 통일전쟁 이후의 통일가야에 이르기까지 명백한 '허구의 역사'를 다루고 있습니다. 가야를 보는 세계관 또한 역사서에 나온 것과는 차이가 있습니다.

이어서 가장 최근에 출간한 시대물이 《신데렐랑郞》이다. 약 12만 자 분량의 장편으로 힘 좀 덜 들어보겠다고 시작했으나 길이만 짧았지 작업 과정이 수월하지는 않았다. 남주가 영국 남자, 그것도 의사 출신이라 스트레스가 나름 컸다.

이 이야기는 1797년(조선 정조 21년) 경상도 동래부 용당포(현 부산 신선대)에 정박했던 영국 범선 '프로비던스호(Providence 號)'를 비롯해 수많은 역사적 사실에서 영감을 받았으나 내용은 전적으로 허구임을 밝혀 둡니다. 아울러 본문에 나오는 나라 이름은 대영국(大英國, 영

국), 법국(法國, 프랑스), 아란타(阿蘭陀, 네덜란드), 서사
(瑞士, 스위스) 등 당시의 표기를 사용하였습니다.

쓰면서도 그랬고 쓰고 나서도 그랬고, 나는 내가 쓴 시
대물이 정말로 끝내주는 이야기인 줄 알았다. 웹툰으로
옮겨도 무지하게 재미있을 것 같고 드라마로 만들어도 손
색이 없을 것 같았다. 하지만 오만이었다. 망한 건 아니지
만 웹툰과 드라마 타령할 때가 아니었던 것이다.

너무 그럴 거 없어. 시대를 창조하고 나라를 창조하고
왕조를 창조하는 일이니만큼 당연히 '내가 내다!' 하는 심
리적 바탕이 있어야지 않겠어? 그게 인지상정 아닐까? 그
걸 오만하다고 지청구 놓으면 다음에 진짜 어떻게 쓰려고
그래?

그런 식의 자기합리화 과정을 거치기는 했으나 그래도
오만이었다. 하지만 끝내주는 이야기 만들려다 내가 끝나
버린 꼴이 되었으니 오만 맞았다. 결론적으로 시대물과
나는 애증의 관계였고 지금도 애증의 관계이다.

일회성 세컨드 필명

바로 앞에서 《금단의 서리》를 언급했는데, 《금단의 서

리》는 지은이가 '허도윤'이 아니라 '차지행'으로 되어 있다. 웹소설 작가 2년 차에 접어든 2018년 봄, 당시 나는 무슨 객기였는지 몰라도 세컨드 필명을 만들어 또 다른 모습으로 활동할 궁리를 했다. 한 마디로 '단편' 전용에 '늦은 사랑' 전용이었다. '늦은 사랑'이란 이런 걸 뜻했다.

'처음이 아니면 어때. 우린 그저, 조금 늦게 만났을 뿐.'
진정한 사랑은 두 번째에 올 수도 있고, 세 번째에 올 수도 있다.
잃어본 경험이 그 사랑을 완전하게 만든다.
차지행은 그 이야기를 하고 싶다.

시작은 호기로웠으나 결과는 눈물바람이었다. 허도윤으로 시작할 때의 그 생고생을 또다시 반복해야 한다는 점을 간과한 것이다. 허도윤은 허도윤이고 차지행은 차지행이었다. 허도윤이 저축한 시간은 허도윤만 찾아 쓸 수 있지, 차지행에게는 한 푼도 넘길 수 없었다. 허도윤으로서의 필모를 쌓기도 버거운 판에 차지행 필모까지 챙기려니 죽을 맛이었다. 그래서 딱 한 번 내고 접었다.

애니멀 친화 로맨스

시대물처럼 애증의 관계가 있다면 증은 없이 애만 있는 관계도 있기 마련이었다. 내게는 바로 애니멀 친화 로맨스가 그런 존재였다. '애니멀 친화 로맨스'는 내가 만들어 낸 용어인데 말 그대로 애니멀이 등장하기 때문에 '애니멀 친화 로맨스'이다.

《그 개는 옳았다》의 개, 후추. 《호모 로맨티쿠스의 최후》의 네 고양이, 동서남북. 《평균율》의 앵무새, 쫑알. 《러너스 하이》의 거위, 호박이.

이 중에서 동서남북의 경우에는 외전을 빌어 그들의 목소리를 따로 서술했다.

길고양이1 : 여기가 네가 말한 그 집이야?

길고양이3 : 냥.

길고양이2 : 확실해?

길고양이3 : 우리 모친께서 설명하신 것과 일치해, 냄새도 그렇고.

길고양이4 : 정말 살기 좋은 집이라 이거지?

길고양이3 : 냥. 우리 양친께서 여기 사시는 동안, 이 집 사람들한테 걸린 적이 단 한 번도 없으셨다 그랬어. 우린 안 걸리는 게 가장 중요하잖아.

길고양이1 : 좋아, 그럼 이제 말해 봐. 와서 하겠다던 이야기. 이 집에 얽힌 비밀 그거.

여기서 길고양이 1, 2, 3, 4가 나중에 여주에 의해 동, 서, 남, 북이 되는 것이다.

그리고 쫑알은 앵무새로서 말을 할 수 있기 때문에 그 장점을 이용해 수많은 에피소드를 만들어낼 수 있었다.

"다녀왔습니다."

"늦었네."

"응."

뒤도 안 돌아보고 다락으로 뛰어 올라갔다. 식구들을 평소처럼 마주할 자신이 없었다. 옷을 갈아입고 나서도 아래층 기척을 살핀 후 아무도 나와 있지 않은 걸 확인하고서야 욕실로 향했고, 올라올 때도 똑같이 그렇게 했다. 그래서 다락에 발을 들여놓았을 때 더 깜짝 놀라고야 말았다. 침대 위에 쫑알이 있었다.

"너 왜 여기 있어? 안 자고 뭐 해?"

〈여기 쫑알이 집이야. 쫑알이 하고 싶은 거 다 해.〉

"니예, 니예. 어련하시겠어요."

〈오빠 믿지?〉

볼이 순식간에 뜨거워졌다.

"뭐, 뭐? 믿긴 뭘 미, 믿어?"

평소 같으면 '믿지. 완전 믿지.' 했을 텐데, 어쩐지 그 말이 쉬이 나오지 않았다.

볼은 왜 뜨거워지고 평소에 했던 말은 왜 안 나오고 난리가 났을까나. 도대체 뭘 하고 왔기에 저럴까나. 그러니까 나는 왜 하필 저 부분을 옮겨 놓았을까나.

그랬다. 이야기 속의 수많은 주인공이 말이 쉬이 나오지 않는 상황을 겪는다. 바로 '19세 미만 구독 불가'의 빨간 딱지가 붙는 정사(情事), 영어로 섹스, 그 상황이다.

19세 미만 구독 불가

나는 웹소설, 그중에서도 로맨스를 다루는 작가다. 로맨스는 12~13세기에 중세 유럽에서 발생한 통속…… 됐고, 남자와 여자 사이에 벌어지는 사랑 이야기 또는 연애 사건을 가리킨다. 그런데 사랑하는 남자와 여자 사이에 벌어질 만한 수많은 에피소드를 짚어보면 스킨십이 꽤 큰 지분을 차지할 거라고 확신한다. 서로 좋아하고 사랑한다면 서로의 몸을 탐하기 마련 아니겠는가. 그것은 자연스러운 욕구다. 백 퍼센트 그렇다는 뜻은 아니고 대개, 보통, 일반적으로, 그걸 말하는 거다. 따라서 이야기의 흐름을 따라가다 보면 '씬'이 필요한 순간이 온다. 어지간해선 필요성을 느끼게 된다. 또 기왕 쓸 거면 잘 써야 함 또한 필수다.

그렇다면 기왕 잘 써야 하는 '씬'은 대강 몇 컷 정도면 될까? 무턱대고 많이 집어넣는다고 장땡은 아니었다. 멜로와 포르노의 차이랄까. 그렇다고 달랑 한 장면은 빨간 딱지에 대한 예의가 아니고, 아무리 적어도 두세 장면은 들어가야 충분조건이 성립된다 하겠다.

물론 '씬'이 어울리지 않는 커플도 있었다. 그런 경우에는 에필로그로 풀거나 아예 외전에 두 사람이 행복하게 잘 살았대요, 식으로 몰기도 했다. 위화감이 느껴지지 않도록 조절만 하면 이야기의 진행에 무리가 가지 않았다.

여하튼.

문제는 '씬'의 묘사에 한계가 있다는 사실이다. 당연하게도 '씬'의 도입 부분은 유니크하게 시작된다. 주인공이 가진 감정의 맥락이 작품마다 다르기 때문이다. 하지만 '씬'의 전개 부분은 말이 달라진다. 사람이 가능한 체위도 제한적이고 글자로 옮길 수 있는 사람의 신음도 제한적인데, 그 제한적인 재료를 가지고 각양각색으로 빚어내야 하는 것이다. 앓는 소리가 절로 나왔다.

등장인물의 심리 묘사가 제일 어려울 줄 알았는데 정사 장면을 묘사하는 건 그보다 더 어려웠다. 오죽했으면 《에로작가 미시즈 연의 고품격 애로사항》의 소재로 그 지난함을 들어 썼겠는가 말이다.

물론 소설 속 주인공은 주인공이기 때문에 복을 타고 났다.

그런데 의외로 지강이 굉장히 재미있어했다. 도홍의 필명을 묻고는 바로 그 자리에서 그때까지 출간된 작품을 모조리 검색했고, #으로 해시태그 된 '잔잔물'이니 '능글남'이니 하는 단어를 보며 웃음을 터뜨리기도 했다. 그게 다가 아니었다. 결혼 후에는 정사 장면을 묘사하는 데 샘플이 되어주겠다고 기꺼이 자처했다.

출판사에서 도홍을 담당하고 있는 편집자는 도홍이 묘사하는 정사 장면을 두고 '공부를 정말 열심히 하셨나 봐요.' 또는 '자료조사가 엄청나시네요.'라고 했다. 도홍이 결혼한 줄 모르는 그녀로서는 그런 반응을 보일 만도 했다. 이십 대 여자가 일일이 다 겪고 썼다고 하기에는 너무도 농밀했으니까 말이다. 그런 그녀에게 하나에서 열까지가 다 실전 바탕이라고 털어놓으면 어떤 표정을 지을지.

하지만 난 아름다운 로맨스의 주인공이 아니라 누추한 현실의 주인인 관계로 그러한 복이 없어 공부를, 정확하게 독학해야 했다. 텍스트로도 공부하고 영상으로도 공부하고. 그런데 그렇게 열심히 공부해 써놓은 '씬'을 통째로 들어내야 하는 때가 번번이 찾아오는데 환장할 노릇이었다. 바로 '15세 이용가' 버전이다.

15세 이용가, 작가 잡는 가위질

네이버와 카카오에는 빨간 딱지가 붙은 그대로 납품할 수가 없다. 반드시 수정을 거쳐 클린 버전으로 만들어야 한다. 처음엔 '클린 버전'이라는 문구를 보고 울컥했다. '15세 이용가'가 '클린'이면 '19세 미만 구독 불가'는 '더티'라는 뜻인가 싶어서였다. 사랑하는 사람끼리 살을 섞는 행위가 왜 더러워? 하지만 이내 공손해졌다. '클린'의 반대말이 '더티'라고 단정하는 내가 더 더티하다는 사실을 깨달아서였다.

여하튼.

오리지널 원고가 '15세 이용가'인 내용에 '씬'을 풀칠해 붙여 '19세 미만 구독 불가'로 만드는 것과, 본디 내용이 '19세 미만 구독 불가'인 이야기에서 '씬'을 가위로 오려내는 것 중에 어떤 작업이 어렵냐 하면 당연히 후자다.

그도 그럴 것이 맥락 없이 엎치락뒤치락하는 것이 아니라 그 앞에서 이미 엎치락뒤치락하게끔 감정선과 분위기를 조성하고, 엎치락뒤치락하는 과정에서도 입말과 몸말의 어우러짐을 통해 두 사람의 감정이 드러나도록 하는데, 거기서 몸말만 똑 떼어내면 되게 어색하고 이상해지지 않겠는가.

그래도 명색이 작가로서, 몸말이 사라진다 해도 흐름이 자연스럽게 이어지도록 어찌어찌 내용을 다독이기는 하지만 그게 안 되는 경우도 있었다. 그 난감함을 《한여름의 할로윈》에서 처음 겪었는데, 어떻게 수정해도 감정이 깨지고 그 부분만 삭제하자니 내용이 연결이 안 돼서 곤혹스러웠다. 결국 오리지널 버전에는 없는 안개꽃 내용을 삽입해 보완했다.

"여름아."

"응?"

"원하는 거, 나한테 바라는 거 없어?"

"원하는 거, 바라는 거요?"

"어."

여름의 시선이 차범에게 곧게 다가왔다.

"오빠."

"어."

"안개꽃 알아요?"

"어."

"꽃다발 만들 때 많이 써요."

"어."

"장미든 튤립이든, 중심되는 꽃을 위해서 써요. 더 예뻐 보이라고, 더 아름답게 보이라고, 그거 거들라는 의미에서 써요."

차범은 대답하지 못했다. 뭔가 이상했다.

부분만 똑 떼어놔서 무슨 내용이야 싶겠지만, 그러니까 저 장면이 본디는 '씬'이었다. 당연히 서로 주고받는 시선이 열기 어린 애틋함이어야 했다. 그런데 저기 어디서 열기가 보이나 말이다. 안개꽃까지 동원해 온기 어린 애틋함으로 톤 다운한 덕분이었다.

하지만 그렇게라도 수정과 보완이 가능하면 다행이다. 입말과 상황이 '씬'에 버금가게 야릇해서 아예 손을 댈 수 없는 경우도 있는데《나만 애인 없어》와《살연애》가 그러했다. '15세 이용가'로 수정하면 이도 저도 아닌 꼴이 되어 '이게 뭐야?' 소리 들을 것이 뻔해 두 이야기는 아예 클린 버전을 만들지 않은 것이다. 그것은 곧 네이버와 카카오를 포기했다는 뜻이었다.

또 하나. '씬'만 가위질의 대상이 되는 것은 아니다. 지나친 폭력이나 음주, 흡연 등등의 장면도 잘라낼 각오를 해야 한다. 하지만 난 분명히 읽었다. 주인공이 생고생을 넘어 개고생하는 일부 피폐물을 비롯해, 이런 내용이 풀릴 수 있다니 싶을 정도로 상당히 거친 내용을 말이다. 그것은 곧 플랫폼에 따라 이야기의 수위가 달라짐을 의미했다.

다시 돌아가서.

내 경우에는 자살시도를 다룬《파손주의》를 그 두 곳에 공급하지 못했다. 그리고 뒤에 다루겠지만 (BL)《바텐더 미스터 리의 밸런타인 미스터리》와 (BL)《데카메론》도 클린 버전을 생략했다. (BL)《바텐더 미스터 리의 밸런타인 미스터리》는 욕이, (BL)《데카메론》은 '아버지'라는 호칭이 문제가 되었다. 하지만 난 수정하지 않았다. 욕도, '아버지'도 나온 이유가 있는데 그걸 없애라는 건 이야기를 버리라는 뜻이기 때문이다.

납품 포기냐, 작품 포기냐!

그런 순간이 몇 번이 찾아와도 결국엔 납품 포기로 갈 수밖에 없을 것이다. 그깟 소설 하나 가지고 되도 않는 소신 세운다고 비웃음당할 수도 있겠으나, 이야기가 말이 안 되는 것보다는 내가 말이 안 되는 게 나았다. 왜냐하면 나는 사라져도 이야기는 남으니까.

창업의 금손이자 재활용의 고수

이야기가 말도 안 되는 불상사를 막기 위해 애를 쓴 부분은 또 있었다. 수많은 일터가 그랬다. 지은 이야기 수가 늘어날수록 등장인물의 직업과 그들이 몸담은 일터도 다양해졌다. 대충 떠오르는 것만 맥락 없이 나열해도 동물병원, 기획사, 번역사무소, 칵테일 바, 도심 고급형 실버타운, 떡집, 미술심리치료센터, 한복 전문점, 영화제작사, 출판사, 플라워 카페, 셰어하우스, 샌드위치 전문점, 피트니스 센터, 경호회사, 와인 바, 보석상, 테일러 숍, 기타 등등.

조직 혹은 점포에 이름을 통해 정체성을 부여한다는 건 참으로 어려운 일이었다. 존재 목적과 분위기가 한데 어우러지되 흔해 빠지지 않아야 하는데, 그러려면 브레인스

토밍을 꽤 오래 해야 하기 때문이다. 기껏 마음에 드는 이름을 찾아냈는데 인터넷에 여기저기 나와 있으면 맥이 빠지기도 했다. 그러다 머리가 나쁘면 수족이 고생한다고 자책하며 관련 조직과 상호의 이름을 먼저 뒤지기도 했으나 웬걸, 단점이 너무 컸다. 그 이름들이 머리에 남아 상상력을 방해한 것이다. 어쩔 수 없이 시간이 더 걸려도 머리부터 쓰는 쪽으로 유지하고 있다.

여하튼.

수많은 일터가 등장했지만 그중에서도 유독 비중이 높은 일터가 있기 마련이었다. 비중이 높다는 것은 둘 이상의 이야기에서 배경이 되었다는 뜻이다. 예를 들자면, 교육전문컨설팅 '배움채움'은 《부엉이 연가》와 《에로작가 미시즈 연의 고품격 애로사항》에, 종합건축사사무소 'Page Architects(페이지 아키텍츠)'는 《비그늘》과 《당신을 다시 사랑한 지 오늘로 이틀째입니다》에, '콘타도 회계법인'은 《시집유감》과 《세로줄무늬 파자마의 철학》에, '문리제약'은 《앙혼仰婚》과 《살연애》에, 'Enkaro 뇌과학연구소'는 《카풀》과 《혼주는 아홉 살》에, 탐정회사 'Timetable(타임테이블)'은 《압축풀기.zip》과 《밤의 왕 낮의 여왕》에, 엔터테인먼트 회사 '블랙박스'는 《이안류》와 《러너스 하이》에, 'CIS'는 《Him》과 《나만 애인 없어》에 나왔다. 그중에서도 마지막 CIS는 정말로 골치 아팠던 경우라고 하겠다.

CIS의 공식 명칭은 '센트럴 인텔리전스 서비스 코리아 Central Intelligence Service Korea', 즉 '중앙정보원'이었다. 미국의 CIA, 영국의 SIS, 프랑스의 DGSE 등과 비슷하다고 보면 되었다. 공식 명칭은 CIS이지만 직원들끼리는 '중앙정보원'을 줄여 '중정'이라고 부르고 있었다.

저기서 끝이 아니라 작전본부니 지원본부니, 대테러지원부니 유럽정보부니, 정말로 복잡했다.

그 외에도 학교며 가게며 동네며 고유명사가 어마어마하게 등장하는데, 만들다 보면 작명소를 차리든 컨설턴트로 나가든 양단간에 저질러도 굶어 죽진 않겠다는 생각이 들었다.

당연히 한 번 쓰고 버리기 아까웠다. 등장인물은 더 아까웠다. 하여 기회만 되면 카메오 시스템으로 재활용했고, 재활용했다고 당당하게 밝히고도 있다. 나의 열네 번째 작품인 《달고나2, 맛》을 보면 맨 마지막에 이런 내용이 있다.

바로 ★Thanks to다. '저자의 말'로 옮기려니 어쩐지 구질구질해 보여서 깔끔하게 ★Thanks to다. 물론 그렇게 하는 이유가 '나 재활용했어요!' 하나만은 아니다. ★Thanks to에 언급된 다른 작품을 홍보하려는 목적도 있다. 개인 SNS 채널을 운영하는 것도 아닌 내 처지에서 할 수 있는 건 다 해야 한다는 결심의 일환이었다. 내 밥그릇은 내가 챙겨야 하니까 말이다. 일단 밥그릇이 있어야 밥이든 국이든 반찬이든 담을 수 있지 않겠는가.

또 다른 줄거리, 표지

내 밥그릇 이야기가 나왔으니 밥그릇도 이만저만한 밥그릇이 아닌 표지 이야기를 짚고 넘어가야겠다.

우선, 표지의 중요성에 대해서는 이러쿵저러쿵 왈가왈부 미주알고주알 시시비비할 말이 없다. 해봐야 입만 아프다. 그런데 그렇게나 중요한 표지를 난 꽤 오랫동안 살뜰하게 챙기지 못했다. 그래도 되는 줄 모르기도 했고, 내가 거들고 나서면 진상 짓으로 비칠까 봐 눈치가 보였기 때문이다.

첫 《각성》 때 출판사에서 메일이 왔었다. 표지를 제작하려고 하는데 생각해둔 아이디어나 원하는 디자인이 있느냐, 그 비스름한 내용이었다. 그때 요래요래 해주세요, 하고 나섰어야 했다. 물론 그런 질문을 받을 줄 몰랐으니 당장은 대답할 수 없었겠으나 시간을 두고 차근차근 고민해 내 의견을 정확하게 알렸어야 했다. 그런데 나는 거기서 이렇게 대답해버렸다. 알아서 해주세요, 전문가시니 어련히 알아서 해주시겠습니까, 라고.

여기서 한 가지 언급하자면 출판사마다 표지 제작 시스템이 다르다. 어느 출판사는 자체적으로 표지 제작팀을 운영하고, 어떤 출판사는 외주를 준다. 유연의 경우에는 거의 외주로 알고 있다. 심사가 통과되면 출판사에서 일러스트레이터를 배정해 일러스트 작업을 진행하는데 네이버, 카카오, 리디북스 등의 연재(유연) 페이지를 들어가면 단박에 알 수 있다. 단행본 표지와 유연 표지는 완전히 다르다.

다시 돌아가서.

이후로도 나는 똑같이 반응했다. 3년 차가 되기까지 〈기하고등학교 4대 천왕〉 시리즈 때 말고는 그냥 잠자코 있기만 했다. 그 시리즈는 왜 예외냐 하면, 담당 편집자가 권 별로 대표할 수 있는 오브제를 알려달라고 해서 《애인이 미남입니다》는 구름이고요, 《유턴후 직진입니다》는 신호등이고요, 《당신이 증상입니다》는 악보이고요, 《함수의 포로입니다》는 뜨개실과 바늘입니다, 라고 대답했기 때문이다. 아, 그러고 보니 《부엉이 연가》 때도 부엉이 커플이 나왔으면 한다는 말 정도는 했구나.

어쨌거나 적극적으로 나서지 않았다. 그러던 어느 날, 어떤 작가들은 '이런 식으로 만들어주세요!' 하고 기본 도안을 그려 보여주기까지 한다는 사실을 알게 됐다. 얼마나 기절초풍했는지 몰랐다. 그렇다면 나는 지금까지 내게 주어진 기회를 다 날린 셈이 아닌가. 이런 모자라고 또 모자라고 거기서 더 모자란 짓에서 한 치의 어긋남도 없는 짓 같으니. 물론 내가 끼어들지 않았다고 해서 표지가 죄다 엉망진창이었다는 뜻은 아니다. 다만 내 취향이 아니었다는 뜻이다.

밀려오는 후회로 몸부림치다가 《연비노미, 조선의 타투이스트》 때 처음으로 제안 과정에서부터 내 목소리를 제대로 냈다. 댕기머리 처자가 부지런히 어디로 향하는 모습, 어쩌고저쩌고 구체적으로 설명한 것이다. 당연히 결과물이 내 취향이어서 처음으로 큰 만족감을 느낄 수 있었다.

하지만 내가 제안했다고 해서 모든 결과물이 내가 상상한 대로 나오지는 않았다. 나는 지금도 '거시기' 출간 때 - 제목은 따로 있지만 이렇게 쓰겠다 표지 시안을 보고 느꼈던 충격과 공포를 잊지 못하고 있다. 그것은 한 마디로 낙동강 녹조였던 것이다.

저기요! 그대 눈에는 정녕 이 물이 맑은 물로 보이십니까? 정말 그렇습니까, 휴먼?

하지만 한숨은 쉬어도 비난은 할 수 없었던 것이 '낙동강 녹조' 색깔도 엄연히 그린이라는 점이었다. 그린이 아니라 블루를 써야 하고, 설령 그린이었대도 이러이러한 그린이어야 한다고 구체적으로 설명해주지 않은 내 탓이었다. 기겁해서 수정에 들어갔지만 첫 시안이 그 정도로 대책이 없으면 고치고 고쳐도 한계가 있다는 사실을 깨닫게 되었다. 하아!

그런 일을 '뭐시기' 출간 때 한 번 더 겪으면서 나는 주먹을 불끈 쥐었다. 나도 더 달라져야겠다고. 최대한 디테일하게 제안하기로 말이다. 망할 확률을 조금이라도 낮추기 위한 몸부림이었다.

《살연애》에 보면 이런 장면이 있다.

"배경색 하나 가지고 지금 메일이 몇 번을 왔다 갔다 하는지 몰라. 피드백이나 바로 주면 말을 안 해. 이건 그냥 열나절이에요."

"배경색이 왜?"

혜도가 쿠션에 등을 기대며 다리를 뻗자 도형이 자연스럽게 혜도의 종아리를 마사지했다.

"보라색이거든?"

"근데?"

"첫 시안 보고는 어둡대."

"그래서?"

"조절했지. 그랬더니 흐리대."

"밝은 게 아니고?"

"달라. 그래서 또 조절했지. 그랬더니 이번엔 환한 맛이 없대."

미간의 주름이 깊어지는 도형을 보며 혜도가 하소연을 이어갔다.

"또 조절했지. 그랬더니 그런 식으로 밝기만 하면 안 되고 쨍해야 한대."

"쨍?"

"어. 그래서 조절해서 보냈지."

"쨍이 뭔지 알아들었다고?"

"당연하지."

도형의 눈이 가늘어졌다.

"그랬더니?"

"흐린 시안을 0으로 치고 쨍한 시안을 10으로 해서 7로 하래."

짐작하겠지만, 쨍 타령에 7 타령을 늘어놓은 사람이 바로 나다. 하지만 난 절대 열나절씩 묵히지 않는다. 바로바로 피드백하지. 저 내용은 각색한 거다.

어쨌거나 저런 난리를 떤 덕분에 웹소설 작가 3년 차이던 2019년도에는 출간작의 80퍼센트, 4년 차에 해당하는 2020년도에는 출간작의 90퍼센트에서 기쁨을 맛보았으며, 5년 차에 접어든 올 20201년도에서도 즐거움을 느끼고 있다.

지금도 후회하고 있다. 처음에 표지 말이 나왔을 때 열심히 끼어들었어야 했다고. 내 취향과 내 의견을 정확하게 설명해야 그림작가나 디자이너가 고민을 덜 하게 되는데 나는 그걸 오지랖, 심지어 월권이라고 여겼던 것이다. 언다 대고 전문가한테 잔소리를 해, 랄까. 하지만 그건 오지랖도 아니고 월권도 아닌 의뢰 태만이었다. 허무맹랑한 소리만 아니면 의뢰는 구체적일수록 서로에게 이득이었다.

[+]

이 내용을 어디에 끼워 넣어야 할지 몰라 따로 뽑아내려고 한다.

다른 작가들을 보면 전문성이 두드러지는 분야가 적어도 하나씩은 있다. 메디컬, 법조계는 기본이고 어떤 작가는 특이하게도 성우 업계에 대해 굉장한 정보를 가지고 있기도 했다.

그럼 내가 가진 전문성은 무엇인가. 그림과 음악에 대한 감이다. 똥손에 음치지만 어느 정도는 볼 줄 알고 들을 줄도 안다. 그것이 내게 밑천이 되고 있다. 실제로 《러빙 파가니니》 때 제대로 써먹기도 했다.

니콜로 파가니니(Niccolo Paganini, 1782~1840)는 이탈리아 제노바 출생으로 '악마의 바이올리니스트'라고 불렸을 정도로 현란한 기교를 선보인 천재 음악가인데 〈24개의 카프리스〉가 가장 유명하다. 몇몇 곡은 들으면 '아!' 할 정도로 알려져 있기도 하다. 바로 그 〈24개의 카프리스〉를 하나씩 따라 쓴 이야기가 바로 《러빙 파가니니》다. 물론 감이 있다고 해서 술술 쓴 건 아니었다. 쓰는 내내 한 백 번은 들었을 거다.

5

갈급함에
: 웹소설의 다른 영역을 기웃대다

'클리셰(cliché)'라는 프랑스어 단어가 있다. 틀에 박힌, 진부하고 식상한, 뻔하디뻔한, 그런 상황에 사용한다. '클리셰'는 구텐베르크가 활판 인쇄술을 발명한 1440년대 이후 유럽의 인쇄 기술이 폭발적으로 발달하는 과정에서 인쇄소 직공들로부터 비롯된 것으로 알려져 있다. 책을 만들려면 주조된 활자 하나하나를 찾아 조합해 찍어야 했는데, 상황은 다르지만 《데시벨》에서 묘사된 이런 식이었다.

"위청준 님, 우리 아까 했던 거 다시 해볼까요?"
깜빡, 깜빡.
침대에 연결된 테이블에 화이트보드가 올라가고 주치의가 글자를 짚어 갔다.

ㅊㅏㅁㅅㅐㅇㅇㅣㄹㅊㅜㄱㅎㅏ해

주치의가 청준에게 물었다.

"끝인가요?"

깜빡.

"좋습니다."

이어서 또 다른 문장이 만들어졌다..

ㄱㅏㅈㅣㅁㅏ

"위청준 님, 누구더러 하신 말씀이시죠?"

눈꺼풀이 바르르…… 떨었다.

그러니까 '가지 마'를 찍으려면 ㄱ, ㅏ, ㅈ, ㅣ, ㅁ, ㅏ, 이렇게 여섯 개의 활자를 뽑아 붙여야 했던 것이다. 얼마나 번거로운가. 하여 인쇄공들이 아이디어를 짜냈다. 자주 쓰는 단어와 툭하면 틀리는 단어는 미리 조합해 묶어두기로 말이다. 그리고 그것을 '클리셰'라고 불렀다. 이것이 퍼지고 퍼지다가 19세기 말에 문학계까지 확장되면서 아무나가 아무 때나 다 쓰는 단어 혹은 표현 혹은 상황을 이르는 데 쓰게 되었다.

그런데 신나서 이야기를 짓다 보니 내게도 그런 위기가 찾아왔다. 내가 나를 복제하는 기분이 들기 시작한 것이다. 스타일이 잡히는 거지 자기복제까지는 아니라고 위안을 삼았지만 의기소침은 막을 수 없었다.

로맨틱코미디로의 진입

나는 나 스스로에 대해 재미있다, 즐겁다, 그런 생각을 해본 역사가 없다. '개똥철학가 출두요!'면 몰라도, '인상파 납셨다 그죠?'면 몰라도 재미? 즐거움? 말도 안 된다고 여겼다. 현실의 지인들 대부분도 나를 엄청 무미건조하고 따분한 사람이라고 평가할 것이다.

그런데 웹소설 작가가 되어 매일같이 이야기를 짓다 보니 내가 간혹 웃기는 소리를 하고 앉았더라. 일부 독자분들이 적어준 '읽다 보면 한 번씩 피식하게 되는 포인트가 있다' 비스름한 소감에 비추어 보건대 나만 그렇게 느낀 것도 아니었다.

오호! 안 그래도 고작 열 몇 권 써놓고 '클리셰'니 '매너리즘'이니 굴을 파고 들어가던 시점이었기에 나는 내가 가진 개그력을 발굴해보기로 했다. 기왕 땅을 팔 거면 내가 들어가 누울 무덤을 파는 것보다는 환금 가치가 높은 보물을 파는 게 낫지 않겠는가. 그래서 시도한 것이 로코, 즉 로맨틱코미디였다.

의외의 사실은 이미 그 시점에 내가 로코 작업을 했다

고 단정하는 독자분이 존재했다는 점이다. 바로 《애인이 미남입니다》였다. 하지만 나는 그 이야기를 쓸 때 코미디의 '코'자도 떠올리지 않았다. 정말로 진지하고 심각하기만 했다. 굳이 따진다면 《유턴후 직진입니다》가 로코 쪽에 가깝지 《애인이 미남입니다》는 결코 아니었다. 내 시각에서 말이다. 따라서 로코로 읽혔다 하더라도 두 이야기는 제외로 하겠다.

로코를 목표로 처음 쓴 이야기는 《아홉 수》였다. 부정적인 의미의 '아홉 수'를 뒤집어 긍정적으로 사용한 데서이미 코미디는 시작되었고, 내가 로코라고 확신해서인지몰라도 쓰는 내내 괜히 더 웃겼다. 정말로 여러 번 웃었다. 내가 먼저 웃어버리면 남들이 안 웃을 텐데, 하면서도번번이 키득거렸다.

그렇게 속없이 낄낄거리다가 어느 순간 식겁했다. 과연 내가 웃겨서 웃는 이 상황이 독자들에게도 적용이 될까, 하는 두려움 때문이었다. 본디 사람마다 웃음 포인트가 다르기 마련인 데다 남들 안 웃을 때 웃고, 남들 웃을때 안 웃은 전력이 차고 넘치다 보니 불안하기 이루 말할수 없었다. 완결한 원고를 출판사에 넘길 때도 어찌나 동공이 흔들리던지 컴퓨터에 바이러스 심긴 줄 알았다.

그런데 세상에, 반응이 괜찮았다.

내가 웃겼어! 내가 다른 사람을 웃겼다고!

흥분한 나는 물 들어올 때 노를 저어야 한다는 선현의 충고를 따르기로 했다. 개그력도 근력, 지구력처럼 '힘 역(力)'이라 열심히 사용해야 늘어나지 제대로 사용하지 않으면 금세 퇴화된다고 믿고 맹렬하게 머리를 굴렸다. 그렇다 해도 로코 뒤에 또 로코는 무리였다. 먹는 일에 단짠이 진리이듯이 쓰는 일에도 단짠이 있었다. 하여 애니멀 친화 로맨스인《호모 로맨티쿠스의 최후》, (BL)《바텐더 미스터 리의 밸런타인 미스터리》와《에로작가 미시즈 연의 고품격 애로사항》연작을 작업하며 호흡을 가다듬은 후에 또 하나의 애니멀 친화 로맨스인《평균율》로 다시 로코를 시도했다.

그러는 동안 나는 나의 개그력에 꽤 뻔뻔해졌다. 말로는 절대 못 웃기지만 글로는 제법 웃긴다고 믿어 의심치 않으며 2020년 하반기에《카풀》과《나만 애인 없어》를 로코로 지은 데 이어 2021년 상반기에는《나한테 이래도 되는 겁니, 다》,《혼주는 아홉 살》,《살연애》까지 무려 세 작품을 연달아 로코로 출간했다. 성적도 괜찮았다.

그러니 하길 잘했지. 만약에 안 해봤던 거라고 겁만 냈다면, 못 웃기면 그런 망신이 없다고 사리기만 했다면 나는 끝까지 로코를 쓰지 못했을 텐데, 이 봐라 말이야.

또 한 번의 깨달음이 찾아왔다. 한 걸음이라도 내디디려면 그게 뭐든 해봐야 한다는 진리, 아이디어를 머리와 마음에만 담고 있어서는 아무것도 이루어지지 않는다는 명제, 그 두 가지에 대한 깨달음이었다.

무엇보다 망한들 어떠하겠는가. 글 작가의 장점이 무언데. 날리는 돈이 없다는 건데. 점포를 세냈어, 수천만 원짜리 악기를 샀어, 작업실을 캔버스로 채웠어. 시간이 아깝고 쪽팔려서 그렇지 뭐! 그뿐인가? 망한 경험도 나중에 소재로 써먹으면 되는데 뭐! 예를 들어 결은 좀 다르지만 《달고나1, 향》에 나오는 장면 같은 것. 그러니까 단주가 정완에게 차이던 그 순간 같은 것. 망해도 보통 망한 게 아니던 나의 오래전 그날도 소재로 써먹었는데, 까짓!

로맨스를 대하는 새로운 자세

먼저 《Him》의 한 부분을 길게 옮겨보겠다.

"이런 말이 있어요."

준무는 자신도 모르게 웃을 뻔했다. 자신의 말투를 따라 하는 순영이 귀여웠다.

"말이라기보다는 이런 글을 읽었어요, 가 정확하겠네

요.”

준무가 순영을 응시했다.

“영어 알파벳이 스물여섯 개인 건 아시죠?”

“예.”

“그 스물여섯 개의 알파벳에 순서대로 점수를 주는 거예요. A는 1점, B는 2점, C는 3점, 그렇게 쭈욱 가서 Y는 25점, Z는 26점, 이렇게요.”

머릿속으로 알파벳을 늘어놓으며 준무가 순영에게 보다 더 집중했다.

“그다음에 원하는 글자를 놓고 총점을 매기는 거예요.”

‘그게 무슨 뜻이지?’

“그 글에서는 우선 세 단어를 예로 들었더라고요. 사랑, 러브LOVE. 행운, 럭LUCK. 돈, 머니MONEY.”

준무는 바로 이해했다.

“몇 점이 나왔냐 하면요. LOVE는 54점에 LUCK은 47점이고 MONEY는 72점이었어요.”

준무가 고개를 끄덕였다.

“그래서 저도 저만의 단어를 골라서 총점을 내봤어요. 일자리, 잡JOB. 가족, 패밀리FAMILY. 그리고 꿈, 드림 DREAM.”

순영이 왜 그 단어를 선택했는지 알 것 같았다.

"그래서 얼마나 나왔습니까."

"JOB은 27점밖에 안 나왔고요. FAMILY는 66점. 그리고 DREAM은 41점이었어요."

어쩐지 '꿈'이 걸렸다.

"속상했습니까."

"네. DREAM이 생각보다 짜게 나와서 좀 그랬어요."

준무는 다음에 이어질 말을 기대하며 숨을 죽였다.

"그런데 그 글의 결론이 뭔 줄 아세요? 100점짜리 단어가 있다는 거였어요."

'그래?'

"뭐게요?"

순영의 얼굴을 뚫어져라 쳐다보며 준무가 귀를 활짝 열었다.

"애티튜드ATTITUDE."

"허!"

"태도와 자세."

준무는 진심으로 놀랐다. 누군지는 모르나 그런 생각을 했다는 자체도 놀랍고, 거기서 딱 맞춤한 단어를 찾아냈다는 사실은 더 놀라웠다.

망하더라도 해볼 만한 건 해보겠다고 웹소설에 대한 애

티튜드(Attitude)를 정함에 따라 로코를 시도했던 나는 이내 다른 곳으로도 눈을 돌렸다. 쓰다 보니 아쉬움과 미진함, 한 마디로 결핍이 느껴졌던 것이다.

결핍은 '이지러질 결(缺)'에 '모자랄 핍(乏)'을 쓴다. 여기서 '이지러지다'는 한쪽 귀퉁이가 떨어져 없어진 상태를 말한다. 있었다가 사라졌든 처음부터 모자랐든, 하여간 부족하다는 뜻이다.

그랬다. 부족했다. 남자와 여자 사이의 사랑 이야기로는 담을 수 없는 분위기가 있었다. 치고받고 싸운다든지, 육두문자로 상대의 멘탈을 두들겨 팬다든지, 나이 차이가 어마어마하다든지 등등. 물론 남자와 여자를 주인공으로 해서도 그런 내용을 거침없이 써서 내는 작가가 엄연히 존재하지만 나는 워낙 새가슴인 관계로 차마 용기가 나지 않았다. 하여 고민 끝에 남자와 남자 사이의 사랑 이야기에 버무려 넣기로 했다. 그럼 무리가 없지 싶었다.

Boys Love의 약자라는 사실에서 알 수 있듯이 BL은 남성 사이의 동성애를 다룬다. 성소수자에 대한 거대담론 이전에 BL은 Girls Love인 GL과 더불어 독자가 분명히 존재하는 장르다. 심지어 BL은 시장도 크다.

그렇다면 BL과 GL은 누가 읽는 걸까. 다음은 《경로를 이탈하셨습니다》의 한 부분인데 BL과 GL의 독자층이 이런 가치관을 가지고 있지 않을까 짐작한다.

"그게 문제가 아니잖아. 너희 둘 다 남자야."

"그래서?"

여원이 황당하다는 얼굴을 했다.

"두 사람한테 어떤 역사가 있건 간에 난 동성애 반대해."

"누나가 뭔데 남의 인생을 반대해?"

"뭐?"

"나도 한번 누나 인생에 대해 반대해볼까?"

어쨌거나 남자와 여자를 주인공으로 해서는 조심스럽기만 한 소재가 BL에서는 가능했다. 그렇다고 잘 알지도 못하는 분야에 대해 무턱대고 쓸 수는 없었다. 웹소설 작가가 된 이후로 더는 웹소설을 읽지 않고 있었기 때문에 ─솔직히 웹소설 작가가 되기 전에 읽어도 너무 읽었다─ BL도 활자로는 당기지가 않았다. 하여 최소한만 읽고 웹툰으로 분위기를 익혔다. 웹소설은 구입에 세 자릿수가 깨지기까지 꽤 걸렸는데 웹툰은 금방이었다. 하지만 그 또한 아깝지 않았다. 인풋이 있어야 아웃풋이 있다는 건 진리여서 투자 없이는 소득을 낼 수 없으니까 말이다.

몇 달에 걸쳐 BL을 보고 또 보고서야 마침내 BL에 도

전했다. 힘이 잔뜩 들어갔던 《바텐더 미스터 리의 밸런타인 미스터리》를 시작으로 지금까지 《데카메론》, 《면사포 사용설명서》, 《경로를 이탈하셨습니다》 등 총 네 권을 출간했다.

앞서 클린 버전에서 살짝 이야기했듯이 《바텐더 미스터 리의 밸런타인 미스터리》에는 욕이 제법 나오고 《데카메론》에는 '아버지'라는 호칭이 나온다. 후자의 경우 그만큼 나이 차이가 난다는 뜻이다. 그리고 《면사포 사용설명서》와 《경로를 이탈하셨습니다》는 자신을 이성애자로 알고 살아온 남자들이 운명과도 같은 상대를 만나 지지고 볶는 이야기이기 때문에 주인공 둘 중에서 적어도 한 사람은 자신의 성 정체성을 파악하고 있던 《바텐더 미스터리의 밸런타인 미스터리》, 《데카메론》과는 흐름이 사뭇 다르다.

이야기 전개 방식도 안 하던 구도로 진행했다. 《바텐더 미스터 리의 밸런타인 미스터리》의 경우에는 2월 14일 목요일부터 2월 18일 월요일까지 닷새 동안 벌어진 일을 시간 순으로 연결했다. 9시 ○○분, 13시 ○○분, 하는 식으로 말이다. 그리고 《데카메론》은 일러두기에 "데카메론'은 그리스어로 '10일간의 이야기'라는 뜻입니다. 이탈리아 작가 보카치오(Giovanni Boccaccio, 1313~1375)의 단편소설

집 제목이기도 합니다"라고 한 대로 본문을 총 10개의 챕터로 구성했다. 내가 쓴 이야기 중에서 소제목이 가장 많은 이야기였다.

- 1st Tuesday, story of White
- 2nd Tuesday, story of Yellow
- 3rd Tuesday, story of Orange
- 4th Tuesday, story of Pink
- 5th Tuesday, story of Red
- 6th Tuesday, story of Purple
- 7th Tuesday, story of Blue
- 8th Tuesday, story of Green
- 9th Tuesday, story of Brown
- 10th Tuesday, story of Black

이때 새로운 시도에 어찌나 흥분했던지 이야기의 진행을 위해 색깔과 심리 영역에 걸친 자료조사를 광범위하게 하면서도 하나도 힘들지가 않았다.

솔직히 말해서 BL은 출간했다는 사실만으로도 감사해서 성적에는 큰 관심을 두지 않았다. 일반 로맨스에서 다루지 못했던 소재와 전개방식을 적극적으로 풀어냈다는

데 카타르시스가 크다 보니 눈에 뵈는 게 없었다고나 할까. 카타르시스가 '마음속에 억압된 감정의 응어리를 언어나 행동을 통해 외부에 표출하여 정신의 안정을 찾는 일'이라는 점에서 의미가 있었다.

또 하나. 허도윤과 차지행이 별개였듯이 로맨스 쓰는 허도윤과 BL 쓰는 허도윤도 별개였다. 당연히 《바텐더 미스터 리의 밸런타인 미스터리》는 아무런 프로모션도 받지 못했다. 생 초짜, 날 초짜한테 무슨 프로모션. 《데카메론》 때 살짝 기대했지만 마찬가지였고 세 번째인 《면사포 사용설명서》 출간에 이르러서야 프로모션을 얻을 수 있었다.

여전히 간만 보는 로판

세 번째 BL인 《면사포 사용설명서》의 출간 즈음에 나는 또다시 엉덩이가 들썩거림을 느낄 수 있었다. 로판, 로맨스판타지 쪽으로 눈이 돌아간 것이다. 그쪽 시장이 워낙 커지고 있기도 했고, 어려서 읽은 〈인어공주〉니 〈엄지공주〉니 〈백설공주〉 같은 동화들이 로맨스판타지이다 보니 당연히 관심이 갔다. 그렇다면 당연히 써 보는 수밖에.

그래서 《중간지대 ; Retro Stage》로 제목까지 잡아놓고 기획에 들어갔다. 이렇게 해서 저렇게 돼가지고 그렇게 가면 어쩌고저쩌고……. 몇 장 쓰기도 했다. 하지만 그 몇 장이 전부였다. 좀처럼 진도가 안 나가는데 돌아버리는 줄 알았다. 2차원도 벅차다고 하소연하던 나로서는 자연스러운 결과였다.

곤혹스러운 와중에 한 가지 사실에 생각이 미쳤다. BL 자체에 대해서는 거부감이 없는 내가 BL의 갈래 중 '오메가버스' 부류에는 영 감정이입을 못 했다는 바로 그 사실이었다. '오메가버스'는 한 마디로 남자도 임신할 수 있다는 세계관을 바탕으로 하고 있는데, 거기까지는 재미를 못 느낀 것이다.

한 마디로 나는 현실에 발을 디딘 사랑에는 아이디어가 제법 있는 반면, 현실에서 1센티미터라도 뜨면 머릿속이 멍해지는 사람이었던 것이다. 그 상황에서 무슨 판타지를 쓰겠나. 결국 포기하고 현실 로맨스로 돌아갔다. 즉《중간지대 ; Retro Stage》는 엉성한 로판이 될 뻔했다가 구사일생으로 살아난 현로라 하겠다. 그럼에도 나는 아직 로판을 완전히 놓지 못했고 줄기차게 간을 보는 중이다.

국경을 넘기 시작한 주인공

소재의 영역을 확장했으니 다음은 주인공을 건드릴 차례였다. 바로 외국인이었다.

내가 쓴 이야기 속에서 처음으로 등장한 외국인은 《연비노미, 조선의 타투이스트》의 코르넬리스 베르텔이었다.

상께서 이방인들에게 말씀하셨다.

"원하는 바를 말해 보라."

"일본으로 가던 길이었습니다. 일본으로 보내주십시오."

"이 땅에 들어온 이상, 나갈 방법은 없다. 먹을 것과 입을 것을 주며 보살필 것이니 너희들은 여기서 생을 마쳐야 할 것이다. 하나 새가 되어 날아가는 것까지는 막지 않으리."

마지막 말씀을 하실 때 상이 조금 괴로워하셨다.

《연종실록》 51권 연종34년 10월 11일 3번째 기사

가상의 실록에 나오는 이방인들 가운에 한 사람인 코르넬리스 베르텔은 이야기 속에서 곧 배로달이 된다.

도성 안 두모방에 살고 있다 하여 '두모 배씨'에 '이슬 로 (露)'와 '트일 달(達)'이었다. 하지만 일부 양반들은 '이 슬 로'를 '포로 로(虜)'로 바꾸어 부르기도 하였다.

그리고 임금의 주선으로 종8품의 관상감 봉사(奉事)인 권사로의 딸 보패와 혼인해 아들을 낳으니, 그가 서브남 주 배대유이다.

여기서 '외국물'에 맛을 들인 나는 현대물 《러빙 파가니 니》에 혼혈 남주를 다시 등장시켰다. 도준수와 나디아 쇼 의 아들로 퇴폐적인 외모에 파가니니 연주 쪽에서 독보적 인 천재 바이올리니스트 대니얼 도.

이어진 시대물 《신데렐랑郎》에선 아예 외국인 남자를 주인공으로 삼았다. 영국 출신의 코너 아일리였다. 18세 기의 인물이었기 때문에 큰 부담은 없었다. 그리고 최근 에는 《엑스ex의 변태》에서 남주에게 혼혈의 정체성을 한 번 더 입혔다.

혼혈인을 주인공으로 삼은 이유에 대해서는 《연비노 미, 조선의 타투이스트》에 은근슬쩍 풀어놓았다.

그게 대유의 생각이었다. 대유가 조선이라는 한 나라의 이방인이라면, 풍금은 사농공상이라는 신분제에서의 이방인이라고 말이다. 하지만 대유가 미처 생각하지 못한 사실이 하나 있었다. 그렇게 따지고 보면 위혜군도 왕실의 이방인이라는 점이었다.

그랬다. 타고난 '아싸'로서 나는 어떻게든 이방인의 이야기를 하고 싶었던 것이다.

유행의 유혹

한 가지 더. 바로 앞서 소재의 영역을 확장했다고 말했는데, 경험해 보니 그 어떤 소재건 쓸 수 있을 때 써야 탈이 안 났다. 다른 작가들이 많이들 쓴다고, 독자들이 많이들 찾는다고 내 것이 아닌 소재로 뛰어들었다가는 코피만 터졌다.

몇 년 전에 한 출판사에서 제안이 들어왔다. '사내연애'나 '선결혼후연애'에 대해 써볼 생각이 없느냐는 내용이었다. 전자책 판매 추이를 분석해보니 그 소재가 핫한데 끼어보자는 의미였다. 한 마디로 그 두 가지가 유행 타고 있다는 소리였다.

그동안 쓰고 싶은 주제로 알아서 써왔던 나는 조금 당황했다. 그러다 이내 납득했다. 잘 팔리는 이야기야 웹소설 작가와 출판사 공동의 소원이 아닌가. 속으로 '아유, 일 잘하시네!'라는 생각도 했다. 하지만 가지고 있던 기획안 중에 그 분야의 이야기가 없었기 때문에 일단은 쓸 게 생기면 말씀드릴게요, 하고 다음을 기약했다.

그런데 이게 아예 안 들었으면 몰라도 듣고 나니 군침이 흘렀다. 핫하다지 않나, 핫! 나도 같이 뜨겁고 싶었다. 문제는 당시만 해도 내가 '사내연애'나 '선결혼후연애'에 별 재미를 느끼지 못했다는 점이다. 당연히 시놉 구성부터가 난관이었다. 스트레스가 뻗쳤고 잘 쓰고 있던 이야기까지 흔들리기 시작했다.

나는 바로 손을 털었다. 안 되는 건 안 되더라는 데이터의 결괏값에 따라 아까운 에너지만 소진하느니 내 살길 찾겠다는 발 빠른 태세전환이었다. 그리고 쓸 수 있는 내용에 집중했다.

그런데 쓸 수 있는 걸 쓰다 보니 자연스럽게 거기까지 넘어가게 되더란 거다. 회사에서 일은 안 하고 무슨 연애질……도 쓰게 되고 고려시대에도 그렇게는 안 했겠다 싶은 정략결혼에 대해서도 쓰게 되고, 다 쓰게 되더란 거다. 핵심은 무리하지 않는 데 있었다. 이야기 하나 쓰고 작가 그만둘 거 아니니까 말이다.

6

자연스레
: 웹소설이 인연을 부르다

마거릿 미드(Margaret Mead)라는 미국 학자가 있다. 1901년 겨울에 태어나 1978년 겨울에 세상을 뜬 그녀는 20세기 문화인류학의 대모라고 불리기까지 하는 걸출한 인물이다. 그런 그녀가 누군가로부터 문명의 첫 신호를 무엇이라고 생각하느냐 비스름한 질문을 받았을 때 이렇게 대답했다고 한다. 부러졌다가 도로 붙은 흔적이 남은 다리뼈라고 말이다.

구체적으로 말해서, 고대 인류에게 다리가 부러진다는 것은 곧 죽음을 의미했다. 그럴 수밖에 없는 것이 먹을 걸 찾으러 움직일 수가 있나, 짐승이 쫓아오면 도망갈 수가 있나, 그냥 앉은 채로 죽어야 했던 것이다. 하지만 부러진 다리가 도로 붙었다는 것은 그렇게 될 때까지 누군가가 옆에서 보살폈다는 뜻이다. 먹을 걸 나눠주고 짐승을 쫓아주고, 다친 사람이 속수무책으로 죽지 않도록 챙겨줬다는 의미이다. 결론적으로 문명은 요긴한 도구나 거창한 건축물이 아니라, 곤경에 처한 사람을 돕는 행위에서 시작됐다는 말이었다.

이 이야기를 왜 꺼내느냐 하면, 내가 지금 문명을 제대로 누리고 있기 때문이다. 본디 나는 심리적, 정서적으로 꽤 여러 가지의 장애를 가지고 있어 주변에 사람이 없는 편이다. 공적으로든 사적으로든 필요에 의해 만날 뿐, 사사로이 교감하는 사람이 거의 없다.

그런 나에게 웹소설은 참으로 맞춤한 세계였다. 비대면, 비접촉 작업에 사회적 거리두기가 기본이니 참으로 적합한 노동이 아닐 수 없었다. 하지만 아이러니하게도 나는 태어나 처음으로 사람들에 둘러싸여 지내고 있다. 부러진 멘탈로 죽음을 목전에 두고 있던 나를 웹소설 작가로 살아갈 수 있도록 해주는 사람들이 있다는 뜻이다.

책을 만드는 사람들

웹소설을 쓰게 되고 나서 가장 먼저 상대한 이는 출판사 편집부 사람들이었다. 나를 깐 사람도 그들이고 나를 거둔 사람도 그들이었다. 한 마디로 내 원고의 생사여탈이 그들의 손에 달려있었다. 계약서에는 내가 '갑'으로, 출판사가 '을'로 되어 있지만 가차 없이 까였을 때의 나는 '을'도 그런 '을'이 없었다. 이게 불만이라는 뜻은 결코 아니다. 사는 게 다 그런 거지.

그렇다 해도 일단 작업을 시작하면 상생으로 나아간다. 서로 잘해야 같이 먹고사니까 말이다. 여기서 먹고 산다는 것은 생계만을 의미하지 않는다. 사람은 밥뿐만 아니라 자존심, 의의, 보람, 명분, 이상 기타 등등의 것들도 더불어 먹고 사는 존재이기 때문이다.

여하튼.

이 글을 쓰는 시점의 나는 52번째 책의 출간을 놓고 출판사와 소통하는 중이다. 52번째까지 오기까지 함께한 출판사도 무려 열네 곳이나 된다. 당연히 출판사 사람들과 얽힌 에피소드도 많다.

우선, 열네 곳과 작업했다고 해서 그것이 꼭 딱 열네 사람만 겪었다는 뜻은 아니다. 편집을 담당하는 부서가 있고 제작을 담당하는 부서가 있으며 때로는 퇴사 등의 이유로 담당자가 바뀌기도 했다. 출판사마다 소통채널도 다르다. 어떤 출판사는 담당자 한 사람이 모든 소통을 책임지는 반면, 어떤 출판사는 각 부서에서 개별적으로 연락을 해오기도 했다.

그래서 어떠했느냐고? 출판사의 업무상 효율을 떠나 내 편의만을 따진다면 당연히 채널이 한군데인 편이 좋다. 그래야 서로 간에 감정이 쌓이고 서사가 쌓이기 때문이다. 나아가 그 쌓인 것들이 더 이해하고 덜 오해하도록 만들어주기 때문이다. 하지만 채널이 여러 개라고 해도 못 사는 건 아니다. 살짝 불편할 뿐이지만 그 정도쯤이야.

다시 여하튼.

따라서 나는 지금까지 출판사에 소속된 꽤 여러 사람을 만났다. 비대면, 비접촉이 기본이었으나 대면과 접촉도 몇 번 있었다. 그 과정에서 카테고리가 저절로 나누어졌다. 냉정하게 뭘 또 사람을 나누고 앉았냐고 할지 모르겠으나 출판사에서도 나를 늘 평가한다. 그쪽에서 평가하니까 나도 평가한다는 뜻이 아니라 협업에선 상대에 대한 평가가 인지상정이다. 그래야 맞추지 않겠는가.

그럼 어떻게 나눈다는 소리인가. 가볍게 들릴 위험성이 있기는 하나 세간에 회자되는 낮밤형으로 설명하는 것이 이해하기에 가장 수월하지 싶다. 낮에도 이기고 밤에도 이기는 낮이밤이, 낮에는 이기나 밤에는 지는 낮이밤져, 낮에는 지지만 밤에는 이기는 낮져밤이, 낮이고 밤이고 다 지는 낮져밤져.

그럼 어떤 부분이 '낮'이고 어떤 부분이 '밤'일까. 느낌적인 느낌으로 내 원고를 대하는 성향과 일을 처리하는 방식을 '낮'의 영역에 두고, 내 감정을 건드리는 감각과 소통하는 요령을 '밤'의 영역에 두겠다.

'낮이밤이'는 말할 것도 없이 최고였다. 최고를 두고 왈가왈부할 내용이 있을 리 만무. 그저 나만 잘하면 된다. 그러니 통과!

'낮이밤져'는 일적인 면에선 별다른 불만이 없으나 정이 안 가는 경우였다. 그렇다고 담당자가 예의가 없거나 쌀쌀맞은 건 아니었다. 일반적이고 평범한 소통임에도 벽이 느껴졌다. 감정의 공유를 대단히 중요하게 생각하는 나로서는 오래 가기가 힘들다 하겠다.

'낮져밤이'는 의외로 괜찮았다. 내가 무슨 노벨문학상급의 대작을 쓰는 것도 아닌데 담당자 들볶을 일이 무어 그리 많겠는가. 설령 담당자가 실수한다 해도 '아니 이런! 어떻게 그럴 수가!'가 아니라 '에고 저런! 살다 보면 별일 다 있는데 뭐!'로 반응하게 만드는 힘이 그들에게 있었다.

'낮져밤져'는 음…… 처음에는 계약기간 차면 저작권 빼서 다른 출판사에 넘겨야지, 했었다. 하지만 막상 날짜가 닥치니 입이 안 떨어졌다. 고질병인 '내가 뭐라고' 병이 번

번이 발목을 잡은 것이다. 거기에 '내가 더 잘하면' 병도 힘을 보탰다. 그래서 늘 자동 계약연장 중이다. 하지만 또 모르지. 언제 변덕이 나서 '우리 헤어져요!' 하게 될지.

같은 길을 걷는 사람들

초기만 해도 나는 웹소설 작가의 길을 두고 고독의 길 어쩌고 주접을 떨었다. 실명으로 활동하지 못하는 입장이 진심으로 외로워서였다. 속상해도 하소연할 데가 없고 기뻐도 자랑할 데가 없었다. 당연히 다른 작가들이 궁금했다. 특히 나처럼 필명으로만 활동하는 작가들의 속사정이 몹시 궁금했다. 손 꼭 붙잡고 '사는 게 어때요?' 하고 묻고 싶었다. 그렇다고 일부러 찾아 나서지는 않았다. 오프라인에서 아싸가 온라인에서라고 다르겠는가.

그러던 2018년 꽃샘추위가 기승을 부리던 시점, 웹소설 작가 2년 차로 아직 병아리미 뿜뿜하던 내게 DM이 날아왔다. 나와 비슷한 시기에 무연을 시작해 웹소설 판에 발을 디딘 '킴쓰컴퍼니' 작가가 《당신 없이 나는(칠일의 기록)》이 너무 좋다며 내 마음의 문을 두드린 것이다.

《당신 없이 나는(칠일의 기록)》은 약 78,000자 분량의 단편으로 소제목처럼 7일 동안 부부 사이에 벌어진 사건을 다룬 이야기이다. 요일별로 진행이 되며 요일마다 앞부분에 짤막한 서사를 달아놓기도 했다.

해, 즉 태양의 날이다. 불완전한 사람의 눈에 의하면, 태양은 시간이 흐름에 따라 계속 다른 곳으로 이동하는 것처럼 보인다. 그러니까 서쪽에서 동쪽으로. 본디 태양이란 한곳에 머물러 있는 존재인데 말이다. 이는 초등학교 교과서에도 나와 있듯이 지구가 공전을 하기 때문에 나타나는 현상이다. 그런 의미에서 사람의 눈이란 믿을 것이 못 된다. 움직이는 것은 나 자신인데, 상대방이 움직인다고 착각하다니 말이다. 그러니 내 눈이 본 것을 함부로 떠들어대서도 아니 될 것이거니와, 의심 없이 곧이곧대로 죄다 믿어버려도 아니 될지니.

뭐 어쨌든, 이러한 태양의 이동을 일러 태양의 '연주운동'이라고 한다. 아울러 태양이 연주운동을 하는 경로, 바로 그 길을 '황도(黃道)'라 일컫는다. 황도라고 하는 이유는 태양이 노란색에 가까운 천체라서이다.

노란 길이라. 어여쁘다. 게다가 노랑은 심리적으로 자신감과 낙천적인 태도를 갖게 하며, 새로운 아이디어를 얻도록 도움을 주는 색채라고 알려져 있다. 정말? 그럴싸한걸?

다시 어쨌든, 그와 그녀, 둘 중에서 하나가 움직이기 시작했다.

과연 진실로 움직인 것은 누구인가?

일요일이었다.

요일 묘사에 공을 많이 들인 터라 나름 예쁘게 여겼지만 성적은 신통치 않아 속이 쓰렸는데 바로 그 부분을 긁어준 것이다. 반가움과 고마움이 확 일었지만 지랄맞은 성격 탓에 경계하는 마음도 대충 섞어 답장을 보냈다. 이후로 DM이 몇 번 더 조심스럽게 오갔다.

그런데 킴쓰컴퍼니 작가가 어느 날 커뮤니티를 언급했다. 웹소설 작가 몇 명이 소소한 온라인 모임을 만들 계획인데 합류하면 어떻겠냐는 내용이었다. 처음엔 '내가?' 하고 기겁했다. 밥벌이 외의 면에서는 소통을 포기한 사람에게 커뮤니티라니 있을 수 없는 일이라 여겼다.

하지만 이름만 얹어놓으라고, 아무것도 안 해도 된다고, 숨만 쉬고 있어도 누구도 뭐라 안 한다고, 앞으로 도움이 될 거라고, 그렇게 조곤조곤 풀어주는 상냥하면서도 진정성 넘치는 제안에 점점 관심이 쏠렸다. 안 그래도 궁금하고 외롭던 차에 이게 웬 떡인가 싶은 마음도 점점 커졌다. 문제는 내 마음의 병이었는데, 고민 끝에 내가 정서적으로 문제가 많아 나도 모르게 요상하게 굴 수 있다고 양해를 구한 뒤 2018년 4월 19일, 커뮤니티에 가입했다.

그런데 이게 웬걸.

내가 걷고 있는 길 위에 누군가 또 있다는 사실을 눈앞에서 보는 일이 그렇게 안심이 될 수가 없었다. 웹소설을 쓰게 된 이유도 각자 쓰는 성향도 다 다르지만 그래서 더 재미가 있기도 했다. 수다스러운 것도 아니고, 그저 조용히 한데 모여 우리 함께 힘내 봐요, 라고 가만히 파이팅을 건네는 분위기가 꽤 든든했다. 그 동료들 덕분에 나는 커뮤니티에 금세 적응했다. 적응뿐이겠는가. 적응을 넘어서 지금은 내가 제일 나댄다. 킴쓰컴퍼니 이름으로 나온 책 중에《나를 세우는 너의 목소리》가 있는데 그 책이 나오기 훨씬 전에 이미 그녀는 나를 세웠다.

나를 웹소설 작가로 완성해주는 사람들

그런데 인연의 끝판왕은 따로 있었다. 바로 독자였다.

일반 문학의 경우에는 북 콘서트, 저자사인회, 낭독회 등으로 독자를 직접 만날 기회가 있다. 여주가 유명한 추리소설 작가인《아내의 경호원》에서 그 장면을 묘사하기도 했다.

사회자가 무대 중앙에 서자마자 양팔을 활짝 벌리며 "와우!" 했다.

"여러분! 장미가 만 송이랍니다."

참석자들이 감탄을 이어갔다. 그도 그럴 것이 북 콘서트가 진행될 소小 문화공장 〈화투: Final Season〉의 유리 온실 안이 붉은 장미로 가득했던 것이다.

사회자가 팔을 내렸다.

"만. 엄청난 숫자 아닙니까?"

감탄이 계속되었다.

"사이사이에 있는 다양한 색깔의 꽃은 리시안셔스라고 하더군요. 언뜻 보고 장미인 줄 알았는데 말입니다. 아, 리시안셔스는 오천 송이쯤 된답니다."

사회자가 참석자들 쪽으로 한 발짝 다가섰다.

"저는 출판사에서 해준 줄 알았거든요? 이야! 핫한 작가님 모신다고 돈 좀 푸셨네, 그랬다니까요? 그런데 아니랍니다. 표은유 작가님 남편분께서 쏘신 거랍니다."

환호가 일었다.

쓰는 동안 부러우면 지는 거다, 했다는 건 안 비밀.

어쨌거나 인싸고 아싸고 간에 자신이 지은 이야기로 독자와 만나 눈맞춤하며 함께 시간을 보낼 수 있다는 것은 대단히 매력적인 경험이 아닐 수 없겠다. 하지만 웹소설 작가들은 그런 게 없다. 연재 플랫폼이든 온라인 서점이든 개인 SNS이든 온라인이 전부다. 그것이 좋다거나 나쁘다거나, 그 말을 하려는 것은 아니고 여하튼.

내가 웹소설 작가로 살 수 있는 것은 기본적으로 내가 웹소설을 쓰기 때문이고, 이어서 출판사에서 책으로 만들어주기 때문이지만 독자가 읽어주지 않으면 아무런 의미가 없다.

노골적으로 말해서 아무리 무연일지라도 웹소설을 자원봉사 차원에서 쓰는 사람은 없다. 일차적으로 쓰는 행위가 너무 좋아서이든, 오로지 현실적인 대가만이 구미가 당겨서이든, 어쨌거나 결과적으로 보상을 기대하고 쓴다. 보상이란 바로 이름값이고 그 이름값에 따라오는 돈이다. 그런데 그 보상이 독자에게서 나온다. 내가 아무리 쓰는 행위 자체가 좋았다 한들 보상이 없었다면 52번째까지 올 수 있었을까? 턱도 없다.

또 하나.

내가 쓰는 이야기에는 내 가치관이 섞여들기 마련이다. 삶을 바라보는 자세나 사람을 대하는 태도 등이 안 나타날 수가 없다. 따라서 내가 쓴 이야기가 꾸준히 읽힌다는 것은 어느 정도 내 가치관이 공감을 받았다는 반증이

되며 '내가 영 헛사는 건 아닌가 보다'라는 응원과 격려도 된다. 그러니 기승전독자일 수밖에.

[+]

'기적 전호'라고 있다. 0.5초 정도의 짧은 소리, 2초 정도의 보통 소리, 5초 정도의 긴 소리, 이렇게 세 가지로 구성된 열차의 기적 신호다. 이렇게 저렇게 조합한 신호가 수십 가지나 된다고 한다. 그중에서 출발을 독촉할 때 우리나라의 경우에는 기관사가 이렇게 신호를 울린다고 한다. 짧게 한 번, 보통 한 번. 그러니까 빵 빠앙!

책이 출간되면 플랫폼에 들어가 확인을 하는데 텅 비어 있던 ☆☆☆☆☆가 어느 순간 ★★★★★로 변하면서 옆에 1하고 숫자가 뜨는 순간이 온다. 어떤 독자분이 첫 번째로 나타나 별 다섯 개를 찍어준 것이다.

★★★★★1

그걸 보고 있으면 내 귀에 빵 빠앙!, 하는 소리가 들린다. 이제 또 써도 돼, 얼른 또 써, 랄까. 물론 별은 계속 ★★★★★로 있지 않는다. ★★★★☆가 되기도 하고 ★★★☆☆가 되기도 한다. 그럼에도 내가 아닌 독자분의 손으로 완성된 ★★★★★1은 정말이지 의미가 크다 하겠다.

7

한번씩은
: 웹소설 때문에 울다

눈물은 크게 기초 눈물, 반사 눈물, 감정 눈물 이렇게 세 종류로 구분할 수 있다고 한다. 첫째, 기초 눈물은 눈이 뻑뻑하지 말라고 흘러나온다. 둘째, 반사 눈물은 연기나 양파 따위에 자극을 받으면 흘러나온다. 셋째, 감정 눈물은 말 그대로 감정이 북받칠 때 흘러나온다. 당연히 내가 웹소설 때문에 흘린 눈물은 세 번째의 감정 눈물이었다.

소설을 쓰다 보면 주인공의 심리나 주인공이 처한 상황에 감정이 이입돼 한 번씩 울게 되는데,《파손주의》때는 정말이지 여러 번 울었다.

남자 간호사의 어깨너머로 문형이 외쳤다.
"가인아. 여보. 돌아와."

그러곤 주르르 미끄러져 내리며 중얼거렸다.

"돌아와. 더 가면 안 돼. 가인아."

눈물이 터졌다. 아니, 심장이 터졌다.

온통 붉게 물든 셔츠 바람의 문형이 오열하고 절규하는 모습을 응급실에 있던 사람들이 눈물을 흘리며 쳐다보았다.

마치 내가 그 현장에 있는 기분으로 울었다. 하지만 내가 이야기하고자 하는 눈물은 같은 감정 눈물이되 결이 다르다.

주철 멘탈의 딜레마

건강한 사람은 아직 검사를 받지 않은 사람이라는 우스갯소리가 있다. 같은 맥락에서 멘탈이 멀쩡한 사람은 아직 자신을 향한 댓글을 본 적이 없는 사람이라고 할 수 있겠다. 처음엔 나도 《당신이 증상입니다》의 다열만 같았다.

그렇게 다열은 하루아침에 기하고등학교의 유명 인사가 되었고, 그를 기점으로 전체 조회 수가 급상승하기 시작했다. 다열은 틈만 나면 유튜브에 접속해 〈다열의 노래〉가 자라는 모습을 구체적인 숫자로 확인하는 게 낙이 되었다. 우연에게 제대로 된 밑천이 된 것 같아서 뿌듯했고, 앞으로가 기대돼서 말도 못 하게 흥분이 됐다. 물론 드러내지는 않았다.

　하지만 시간이 흐르면서 조금씩 무너지기 시작했다. 그도 그럴 것이 독자의 반응을 확인하려면 댓글을 하나하나 꼼꼼하게 다 읽어야 하는데, 꼼꼼하게 읽다 보면 어느 순간 '쓰지 말까?' 쪽으로 향하는 나를 발견하게 된 것이다. 피드백 받아 더 발전해보겠다던 애초의 결심은 몽땅 휘발돼버리고 나 같은 게 무슨 글을 써, 이건 쓰레기지 글이 아니야, 세종대왕께 오체투지로 빌어야 할 듯 기타 등등의 자기혐오만 쏟아지는데 그런 딜레마가 없었다.

　도대체 악플이 얼마나 널렸기에?

　아니, 절대 그렇지 않았다. 내가 무슨 개념 상실한 정치인이나 사고 친 연예인도 아니고 그렇게까지 악플 받을 일이 무어가 있겠는가. 비율로 따지자면 10퍼센트도 안 됐다. 물론 이는 곧 10퍼센트 정도는 있다는 뜻이다. 같은 말이어도 어딘가 날이 서 있고 모질다고 해야 하나. 저절로 움찔하게 만드는 공격성 가득한 댓글이 분명히 있다. 망치를 든 사람에게는 세상의 모든 것이 못으로 보인다는 말이 있던데, 그 독자에게 나는 두드려 박아버려야 할 못이었나 보다. 하지만 그 댓글을 썼다는 것은 내 책을 샀다는 반증이기도 했다. 그래서 원망 없이 퉁치기로 했다.

다시 돌아가서.

10퍼센트도 안 됐음에도 힘이 들었다. 거기에는 두 가지 이유가 있었다.

1대n, 그리고 그 n의 지적

하나는 1대n이라는 사실이었다. 독자가 책을 읽고 리뷰, 즉 댓글을 작성할 때는 나 하나만을 상대로 한다. 한마디로 1대1이다. 하지만 나는 아니었다. 댓글이 100개라는 것은 내가 100명의 독자를 마주한다는 뜻이고 댓글이 1,000개라는 것은 내가 1,000명의 독자를 만난다는 의미였다. 그 짧은 한 줄로 뭘 만난다고까지 표현하느냐고, 엄살 부리지 말라고 야단맞을 수 있겠으나 아무리 짧아도 대화는 대화였다. 그것도 귀담아들어야 하는 정식 발언이었다. 실제로 댓글 하나가 다음 이야기의 방향을 틀게끔 영향을 주기도 했다. 당연히 신경이 쓰였고, 그러다 보면 에너지가 달릴 수밖에 없었다.

다른 하나는 지적 때문이었다. 대부분의 독자는 감상을 남긴다. 읽는 동안 주인공에 대해 사건에 대해 상황에 대해 결말에 대해 느꼈던 감정과 기분을 토로한다. 그런 댓글은 도움이 된다. 이런 내용이 이러한 감정을 불러일으키는구나, 하고 데이터로 쌓인다.

문제는 내 글을 전체적으로 지적하는 댓글이었다. 허물 따위를 드러내어 폭로하는 행위를 지적이라고 한다는 점에서 지적은 일종의 비난이었고 나는 주철 멘탈의 소유자로서 비난 앞에서 안절부절못했다.

더 큰 문제는 지적이 별 개수로 이어진다는 점이었다. 〈리디북스〉를 비롯한 온라인 서점에서 웹소설 단행본을 구입할 때, 독자라면 으레 먼저 읽은 이의 평점을 참고할 것이다. 〈리디북스〉의 경우에는 검색하는 창에 아예 '#평점4점이상'과 '#리뷰100개이상'의 키워드를 띄워놓기까지 했다. 작가 입장에서 별 개수에 집착하지 않을 수가 없다. 만에 하나 별 한 개 때문에 4에서 3.9로 내려간다고 상상해보면 미치고 팔짝 뛸 노릇이 아닌가.

나는 지금도 《연비노미, 조선의 타투이스트》에 달려있던 별 한 개를, 플랫폼에 현시되고 얼마 안 돼 일찌거니도 달렸던 그 별 한 개를 잊지 못하고 있다. 아무리 취향을 비껴났다고 해도 별 한 개짜리 내용은 아닌데 어떻게 한 개를 주나. 화가 났다기보다는 무척 슬펐다. 나아가 미움받는다는 기분으로 몹시 우울했다.

네가 잘 썼어 봐, 한 개가 달리나!

옳았다. 내가 잘 썼으면 달리지 않았을 아니, 달리지 못했을 ★이었을 것이다. 내가 여지를 줬기 때문에 별이 하나만 달렸을 것이었다. 그럼에도 불구하고 정말 속이 상했다. 밥맛까지 잃었을 정도로 말이다. 그래서 내 건강을 위해 이제는 확인하지 않는다.

같은 맥락에서 더는 무연도 못 하고 있다. 무연은 독자들이 결론을 모르는 상황에서 그날그날의 사건에 따라 보이는 반응이기 때문에 —이 부분은 유연도 비슷할 것이다 — 더 적나라한 경향이 있다. 등장인물이 나중에 개과천선을 하든 말든 지금은 죽일 놈에 죽일 년으로 느껴지고 결론이 해피엔딩이라고 해도 지금은 작가가 사이코패스로 느껴지기 때문에 반응이 더 강할 수밖에 없다.

정리하면, 무연(혹은 유연도)의 댓글은 글에 대한 전체적인 지적은 적은 반면 하루 치의 반응이 세고, 출간된 단행본의 댓글은 아우르는 소감이 주를 이르는 사이로 작가를 향한 지적이 날카로웠다. 그런데 그 지적이 날이 갈수록 버거웠다.

결국 나는 단행본에 달린 댓글을 확인하지 않는 데서 그치지 않고 무연까지 접었다. 일단은 내가 살아야 해서 어쩔 수 없었다.

지적을 넘어선 충고

그런데 산 넘어 산이라더니 '지적'이 끝이 아니었다. '충고'라는 태산이 또 있었다. 지적이 까발리는 행위라면 충고는 타이르는 행위였다. 내가 가지고 있는 민중서림 《국어대사전》(2008년 수정판)으로 '타이르다'를 찾아보면 이렇게 나와 있다.

①사리(事理)를 밝혀 알아듣도록 말하다. ②잘하도록 가르치다.

TV 프로그램에서 어떤 초등학생이 잔소리는 은근히 기분 나쁘지만 충고는 더 기분 나쁘다고 했다던데, 격하게 동의하는 바다. 그 초딩 님은 인생 2회차 사시는 듯.

그 초등학생의 말처럼 세상에 기분 좋은 충고는 없었다. 결국엔 그 충고가 피가 되고 살이 된다고 해도 들을 땐 기분이 나빴다. 그도 그럴 것이 '알아듣도록 말하기'와 '가르치기'는 기본적으로 내가 상대보다 우위에 있다고 전제해야만 나온다고 보기 때문이다. 살짝 우위든 많이 우위든, 일반적으로 그렇다는 말이다. 물론 세상 사람 백 퍼센트가 그렇다는 뜻은 아니다. 우리 커뮤니티에 속한 한 작가님만 해도 지적이든 충고든 '오호!' 하는 심정으로 재미나게 본다고 했다.

하지만 나는 그게 전혀 안 됐다. 안 그래도 지적과 충고에 절여진 인생이었는데, 못났다는 소리를 귀에 인이 박일 정도로 들으면서 살았는데, 이제 좀 조용해지나 싶었더니 웹소설 작가가 되면서 다시 그 상황에 맞닥뜨리게 된 것이다. 트라우마가 폭발했다.

내가 왜 하필 글을 써가지고. 조용히 밥 벌어먹고 살 걸 소설은 왜 굳이 써가지고. 어? 왜 써가지고 안 들어도 될 말을 들어?

40 정도만 흔들려도 될 일에 그 배가 넘는 80 아니, 그 이상으로 흔들리면서 순간적으로 손을 놔버렸다. 급기야 내가 쓴 이야기들이 더럽게 보이기 시작했다.

그 와중에 '내글구려병' 발병

읽고 또 읽어도 허접해서 봐줄 수가 없었다. 앞에서 '내심 기대도 했다. 왜냐! 내 생각에 잘 썼으니까. 어느 누가 못 썼다고 생각하면서 다른 사람에게 읽어달라고 내밀겠는가 말이다. 웬만큼 썼다고 확신하니까 보여주지'라고 했는데 이번엔 그 반대의 상황이 발생한 것이다.

계약했는데, 편집자한테 제목도 미리 알려줬는데, 완고를 언제까지 준다고 말도 다 해놨는데, 아! 이걸 어떻게 줘! 이걸 어떻게 내밀어! 이걸 도대체 누가 읽어!

주철 멘탈이기는 해도 바닥을 워낙 여러 번 기어봤기에 겉으로는 울지 않았다. 주인공에게는 빙의돼서 잘도 흘렸던 눈물이 내 일에는 한 방울도 흐르지 않았다. 다시 '멍'의 상태로 돌아갔을 뿐.

그래도 어찌어찌 완결을 내어 넘기고 앞으로 어떻게 해야 하는지에 대해 고민하는데 치명타가 날아왔다. 내가 쓴 이야기를 읽다 보면 홈런인 줄 알았는데 안타에 그치는 지점이 있다는 내용의 DM이었다.

패스스? 노. 와르르!

그걸 나라고 모르겠는가. 용두사미로 끝난 숱한 내 이야기들에 대해 나라고 모르겠는가. 하지만 홈런이 안 되는 것을 나더러 어쩌라고. 홈런 타자가 될 수 있었다면 진즉에 되고도 남았고, 영광의 월계관도 폼나게 썼겠지. 애쓰고 용쓰고 기쓰고, 쓸 수 있는 건 다 썼어도 안 되는 걸 대체 나더러 어쩌라고.

안 그래도 숨넘어가려던 차에 목이 꺾인 기분이었다. 형편만 되면 다 집어치우고 싶었다. 문제는 코로나가 터지면서 기존의 내 밥벌이에 빨간 등이 켜졌다는 사실이었다. 안 그래도 밥이 체면을 이기고 밥이 명분을 이기고 밥이 이상을 이긴다고 생각하며 인내했는데, 그 밥벌이마저 가로막힌 것이다. 그 상황에서 생활을 이어가려면 웹소설을 붙들고 있어야 했다.

은동이 서른이 넘어가면서부터는 고정적으로 일을 주는 업체들이 하나둘 늘어났다. 처음에는 학력도 안 되고 전공자도 아니라며 밀어내기 바빴던 이들도 막상 은동의 그림을 대하게 되면 무장해제된 것이다. 그녀의 그림은 색이 풍부했고, 그래서 더 생동적이었다. 동화작가와 함께 작업했던 그림책의 경우에는 유명한 상을 받은 적도 있었다. 그렇다고 은동의 경제력이 갑자기 상승하는 것은 아니어서, 은동은 여전히 생계형 그림에서 벗어나지 못했다. 거기엔 엽서나 카드 같은 문구류도 있었고, 주점이나 사창가 벽에 걸리는 춘화류도 있었다. 춘화의 경우는 규현은 알지 못하도록 철저히 감추었음은 물론이었다.
—《그 개는 옳았다》

당연히 웹소설을 춘화에 비교하는 것은 아니다. 얻다 대고 춘화. 나를 살린 고마운 존재인데. 다만 그만두고 싶다고 해서 그만둘 입장이 아니라는 사실이 너무도 곤혹스러웠다. 웹소설을 시작할 때만 해도 부업이었고 허도윤은 부캐였는데, 주업이 되고 본캐가 돼버린 상황이 무서웠다.

어떻게 생각해도 결론은 '유지'였다. 몇 날 며칠에 걸쳐 마음을 다독이고 또 다독이고 거기서 더 다독인 후 다시 컴퓨터 앞에 앉았다. 그리고 언제나처럼 내가 썼던 이야기 중에서 상황에 맞는 위안거리를 찾았다.

"나무도 스트레스를 받습니까?"

"그럼요."

"나무는 스트레스에 어떻게 대처합니까?"

"번식에 집착해요."

번식.

"스트레스로 상태가 안 좋아지면 나무는 이렇게 생각해요. 아, 이번이 내가 번식할 수 있는 마지막 해가 될 수도 있겠구나."

'아!'

"그럼 될 수 있는 한 유전자를 많이 남겨야겠구나."

서령의 눈동자가 천장의 작은 등으로 향했다.

"그래서 꽃을 피워요. 평소보다 더 탐스럽게, 평소보다 더 흐드러지게."

"어딘가 좀 안쓰럽군요."

"네. 그렇게 피운다는 것 자체가 과한 에너지 소비니까요. 아무래도 기운을 더 잃고 마는 결과가 나오는 거죠. 그럼에도 그렇게 할 수밖에 없는 거예요."

—《중간지대 ; Retro Stage》

그래, 잘하면 더 잘 쓸 수도 있어. 잘하는 게 뭔지는 모르겠지만 일단 그냥 잘하도록 해 봐.

심호흡을 하고 쓰기 시작했다.

내 이름은 송이유, 나이는 스물네 살이다. 가족관계는 음…… 됐다. 아무튼 지금은 혼자 산다.

다 그런 거지.

《당신을 다시 사랑한 지 오늘로 이틀째입니다》의 첫 문장이었다.

다 그런 거지.

[+]

출간 후 독자분들의 반응을 살피다 보면 간혹 악역 처리가 약하다는 의견이 보이곤 한다. 쫄딱 망하게 한다든지 교도소에 처넣는다든지 하지 않고 대체로 조용히 보내 버리기 때문이다.

이유가 있다. 내가 휴머니스트라서? 마음이 너무 약해서? 아님, 설마 악역에 공감해서? 다 아니다.

나는 그들이 죗값을 한 번에 치르는 것이 너무 싫다. 쫄딱 망하거나 교도소에서 썩거나 하면 그들의 성향상 분명히 이러고도 남을 것이다.

치를 만큼 치렀다. 이 정도 치렀으면 이제 발 뻗고 자도 된다.

세상에! 그 꼴을 어찌 보나 말이다. 평생 고통으로 말라 죽어야지. 죽는 게 낫다 싶은 심정으로 꾸역꾸역 살아야지. 그래서 늘 앞으로 어떻게 말라 죽을지를 '미리보기' 하는 것으로 정리하는 편이다.

8

꾸준하게
: 웹소설 작가로 살다

사전 뒤적이기를 매우 좋아한다. 아무래도 편의상 포털에서 서비스하는 《표준국어대사전》을 자주 훑지만 종이사전도 종종 뒤적이곤 한다. 둘 다 장점이 명확하다. 온라인 사전은 내가 찾은 단어의 유의어와 반의어가 한 페이지에 함께 뜬다는 점에서, 오프라인 사전은 종이를 넘기는 중에 미처 생각 못 했던 단어가 불쑥 튀어나온다는 점에서 그러하다. 내가 재미있다 보니 지금까지 《1 일차입니다》를 써오는 동안에도 단어 풀이를 꽤 여러 번 했다.

여하튼.

궤도(軌道)라는 말이 있다. 《표준국어대사전》에서 이 단어를 찾아보면 일반적으로 알고 있는 '기차나 전차의 바퀴가 굴러가도록 레일을 깔아 놓은 길'이라는 풀이가 세 번째로 나온다. 그럼 첫 번째 풀이는 무얼까. 의외로 '수레가 지나간 바큇자국이 난 길'이다.

수레? 요즘은 보기 힘들지 않나, 하려고 보니 나한테도 수레가 있다. 짐 운반용 카트. 걔도 바퀴가 두 개다. 어쨌거나 수레가 지나간 뒤 바큇자국을 보면 당연히 왼쪽 바퀴, 오른쪽 바퀴 해서 선이 두 개가 나온다. 그리고 그 두 선의 사이를 '사이 간(間)'을 써서 궤간이라 부른다.

기차 시대를 연 영국 철도의 경우를 보면 그네들의 표준 궤간은 참 단순하게 정해졌다고 한다. 당시 영국의 길을 달리던 마차의 표준 폭, 즉 1,435밀리미터가 그대로 철도의 궤간으로 굳어진 것이다. 한 마디로 열차를 제작한 사람들이 마차와 마차가 달리는 길을 기준으로 삼아 열차를 만들고 선로를 짜 넣었다는 뜻이다. 이 너비는 자연스럽게 국제 표준궤로 정착되었고 그보다 좁으면 '좁을 협(狹)'을 써서 협궤(narrow gauge), 그보다 넓으면 '넓을 광(廣)'을 써서 광궤(wide gauge)가 되었다.

사전 뒤적이기 못지않게 주워들은 얘기로 예들기도 좋아하는 편이기는 하나 ─나 이런 것도 안다? 그게 아니라 내 의견을 설명하기 편해서다. 똑똑한 누군가가 만든 이론이나 사실에 묻어가는 것만큼 안전한 것이 없기도 하고 ─ 그래도 그렇지 갑자기 궤도는 왜?

아슬아슬한 궤도 유지

한동안 철도에 꽂혀서 이것저것 읽는 동안 배운 것들을 내 이야기에 곧장 써먹었다. 솔직히 그러려고 읽는 거다.

준우가 철길로 시선을 옮겼다.

"그거 아십니까?"

"알겠지."

"철도는 곧 궤도라고 하더군요."

"궤도?"

"아신다면서요."

기찬이 피식 웃었다.

"잘난 척 좀 해보시겠다?"

"그렇게 받아들이신다면 어쩔 수 없겠습니다."

"그래서? 철도는 곧 궤도이다, 그래서 뭐?"

"궤도의 핵심은 이탈해서는 안 된다는 데 있습니다."

기찬이 준우를 빤히 쳐다보았다.

"기차는 궤도 위에 있을 때만 가치가 있습니다. 궤도를 벗어난 기차는 고철일 뿐 더 이상 기차가 아닙니다."

여전히 빤히 쳐다보는 기찬을 똑같이 응시했다.

"인공위성도 마찬가지입니다. 정해진 궤도에서 이탈하

면 그저 비싼 쓰레기가 될 뿐입니다."

"빙빙 돌리지 말고 바로 얘기하쇼."

《러너스 하이》의 한 장면인데, 이 부분을 쓰면서 웹소설 작가로서의 내 처지를 떠올렸다.

웹소설은 아주 오래전, 대중소설 혹은 장르소설이라는 이름을 걸고 달리기 시작했다. 할리퀸의 등장과 하이틴로맨스의 유행 등을 죽죽 거쳐 인소, 인터넷소설로 이어졌고 지금은 웹소설이 되었다. 그러는 동안 프레임 혹은 공식이라는 것이 생겼다. 바로 궤도였다.

길 보이지? 따라 달려! 앞선 작가들이 달린 대로 달리기만 하면 돼!

그런데 지금까지 수십 년을 살다 보니 귀로 듣기에 세상 막연하고 세상 애매하고 세상 헛갈리는 말이 '나 따라 해 봐!'였다. 똑같이 하면 될 것 같지만 천만에. 뿐이랴. 따라가도 그냥 따라가면 안 되는 것이 창의적으로 따라가야 했다. 경력 있는 신입사원 뽑는 것도 아니고.

궤도를 따라가는 일부터가 보통 어렵지 않은데 거기다 독창적이기까지 해야 한다는 건 예삿일이 아니었다. 기존의 웹소설이 세워둔 틀을 벗어나선 안 되는 한편 '이거 어디서 읽었는데!' 하는 생각이 들지 않을 만큼 새롭기가 어디 만만한 일인가 말이다. 결론적으로 한 달에 한 플랫폼에 새로 풀린 웹소설 단행본이 2백 권이 넘는 가운데서 '내 좀 봐줘요!' 하려면 시야에서 왕창 벗어나지 않는 가운데 눈길을 잡아챌 만한 힘이 있어야 한다는 뜻이었다. 게다가 필력까지. 아, 젠장! 힘들어 뒤지시겠네.

그럼 아예 궤도를 벗어나 자유롭게 날아보는 건 어떨까. 세 자릿수의 돈을 퍼부어가며 읽었던 웹소설 중에 '엥?' 한 내용이 몇 권 있었다. 내용이 굉장히 독특한 것이 딱 봐도 궤도에서 이탈한 케이스였다. 요행히 책으로는 나온 모양인데, 읽으면서 예상했던 대로 다른 독자의 반응들이 한결같이 '오 마이!'였다. 그렇게 되면 대다수의 독자가 외면한다. 책으로 만든 의미가 사라진다. 자기만족이라면 모를까, 읽히고 돈 버는 건 실패다. 그 지경이 되지 않으려면 적정선에 대해 나 스스로 감을 잡아야 했다.

문제는 감을 잡고 싶다고 감이 쉬이 잡혀주지 않는다는 점이었다. 잡았으면 진즉에 유연했지. 유튜브에 〈네이버 시리즈〉 웹소설 광고영상이 있던데, 나도 거기 끼었겠지. 연기 잘하는 걸로 알려진 그 배우가 내가 쓴 이야기의 구절을 폼나게 읽어줬겠지. 안 되는 건 안 되는 거였다. 그래서 지금 되는 쪽에서 살아남겠다고 몸부림치는 중이고.

처음엔 희한한 기획도 많이 세웠었다. 주인공이 이런

상황이면? 결말이 이렇게 흘러가면? 하지만 하나씩 삭제할 수밖에 없었다. 앞서 적었던 키워드, 기본적으로 그 안에서 움직이기로 한 것이다. 그것이 웹소설 작가의 길이었다.

무엇보다 주인공의 경우는 키워드를 더 고수했다. 대략 뽑아보면 평범남녀, 뇌섹남녀, 능력남녀, 재벌남녀, 사이다남녀, 직진남녀, 계략남녀, 다정남녀, 애교남녀, 유혹남녀, 절륜남녀, 집착남녀, 후회남녀, 상처남녀, 짝사랑남녀, 순정남녀, 순진남녀, 철벽남녀, 동정남녀, 까칠남녀, 냉정남녀, 무심남녀 등등이 있고 여기에 남주는 츤데레, 존댓말, 카리스마, 연하 등이 여주는 도도, 외유내강, 걸크러시, 쾌활발랄 등이 더 보태진다. 그러니까 그 외는 안 먹힌다.

월간 허도윤

키워드를 염두에 두고 거기서 스스로 공식을 유출하고, 궤도를 반절만큼은 창의적으로 따라간다고 믿으면서 정신 놓고 쓰다 보니 어느 날 '월간 허도윤'이 되어 있었다. 아닌 게 아니라 1년 차에 7권, 2년 차에 8권, 3년 차에 10권을 쓴 내가 4년 차인 2020년에는 무려 19권을 쓴 것이다. 물론 여기엔 단편도 포함이다. 따라서 전체 분량만 놓고 보면 장편 네다섯 편을 꾸준히 연재하고 출간한 작가들에 견주었을 때 큰 차이가 나지 않을 수도 있다. 하지만 권수가 많다는 건 출간이 잦다는 뜻이어서 자연스럽게 '월간'이 따라붙게 된 것이다. 밥벌이에 빨간불이 켜진 바람에 웹소설 쓰기에 심히 몰두하긴 했으나 당사자인 나로서도 '뜨헉!' 할 권수였다.

이거 막 갈겨쓴 거 아니야?

아닙니다! 절대 아니에요!

1년에 19권. 꼭 그거 같았다. 네가 뭘 좋아하는지 몰라서 다 준비해봤어! 이 중에 적어도 하나는 있겠지, 그치?

19가 나와서 하는 말인데, 나는 1차 목표가 99권을 쓰는 거다. 커뮤니티에선 100권을 목표로 하고 있다고 했지만 100권은 새로운 구간의 스타트 라인이고 99가 지금 구간의 피니시 라인이라 하겠다. 5년 차 상반기에 50권을 훌쩍 넘겼으니 10년 차 즈음엔 달성하겠구나 싶으나, 사람 일은 한 치 앞도 모른다는 점에서 그 어느 것도 장담하지 못한다.

실제로 나는 계획은 단기적으로 세우는 편이다. 장기적인 목표와 계획을 세운 뒤 거기에 맞춰 단기를 세분하는 것이 아니라 단기를 모아 장기를 이룬다고나 할까.

장기발전전략! 중장기계획! 청사진! 빅 픽쳐!

말은 다 좋더라만 경험상 불가능했기에 저절로 변화된
마인드였다. 아닌 게 아니라, 내 인생 계획에 웹소설 작가
는 들어있지 않았다. 그 전에 내가 죽고 싶은 마음으로 밥
을 구운 김에 싸 먹을 거라는 계획도 없었다. 그러니 최선
과 진심을 다해 순간을 살다 보면 다음으로 나아가리라.

최선과 진심을 다하는 방법

최선과 진심, 어려우면서도 단순했다.

앞서 언급했듯이 글쓰기는 기본적으로 노동이다. 엉덩
이의 힘이라는 뜻이다. 모든 예술가가 엉덩이의 힘, 즉 인
내와 끈기로 연습과 훈련을 거쳐 자신의 재능을 내보인다
지만, 기본적으로 그들은 가진 것이 있다. 며칠 쉬었다고
보여줄 것이 사라지지는 않는다. 불렀던 노래를 불러도
되고, 전에 췄던 춤을 춰도 되고, 비슷한 그림을 시리즈로
그려내기도 한다. 그렇게 해도 훌륭하다. 하지만 글은 그
어디에도 속하지 않는다. 늘 새로 써야 한다. 그것도 혼자
처박혀 써야 한다. 쓰지 않으면? 아무것도 할 수 없다.

그래서 나는 혼자 처박혀 쓰는 시간을 벌기 위해 새벽 3
시를 선택했다.

새벽 3시는 용하가 좋아한 시간이었다.

…새벽 3시에는 귀신도 쉬거든.

…귀신이 지 입으로 그래?

…어. 그래서 3시에 세상이 가장 깨끗해.

…세상이 아니라 대한민국이겠지. 대한민국이 3시일 때 몽골은 2시야.

…그 짧은 봉사 다녀왔다고 몽골 어쩌고 하기는.

…어쨌거나 깨끗해서 뭐?

…우주의 기운이 촤아…….

…우주 기운 찾다가 네 기운 딸려 죽어. 그 시간엔 그냥 좀 자라. 어?

―《아내의 경호원》

그랬다. 우주의 청정에너지가 밥풀만큼이라도 떨어지길 바라는 마음에서 굳이 새벽 시간이었다. 아울러 매일 같은 시간에 밥을 먹으면 위가 그 시간을 밥 먹는 시간으로 인지하고 소화시킬 준비를 하듯 매일 같은 시간에 글을 쓰면 뇌가 그때를 글 쓰는 시간으로 알고 머리 굴릴 준비를 할 거라 믿기도 했다. 그러다 새벽 한 시간이 낮 두 시간에 맞먹는 효율이 있음을 깨닫고 악착같이 고수했으며 지금도 유지하고 있다.

그리고 무슨 일이 있어도 하루에 A4용지 9매를 채웠다. 허접하게라도 일단은 채웠다. 넘어가면 다행이고, 안 넘어가면 발광을 하면서도 어떻게든 채웠다. 글자 수로 계산하지 않고 쪽수로 계산한 건 페이지 숫자가 넘어가는 기쁨 때문이었다. 처음부터 9매였던 건 아니고 5매에서 한 장 두 장 늘어 거기까지 갔는데, 더는 못 늘리겠는 것이 그 정도 쓰고 나면 머리가 돌아가지를 않았다.

이렇게 말하면 '하유! 지는 시간이 있었으니까 그렇겠지!' 하는 말이 분명히 나오리라. 맞다. 나는 새벽에 일어날 수 있고, 그러기 위해 남들보다 일찍 잠들 수 있는 환경 속에서 산다. 밥벌이 일을 할 때도 9매가 병행 가능했기 때문에 유지할 수 있었다. 그러니까 나는 내 식대로 최선을 다한 것이다. 나는 나고 남은 남이다. 남 따라 하다가 죽도 밥도 안 됐던 경우가 널리고 널렸다는 점에서 내 스타일을 찾았다는 사실에 안심하는 바다.

애매한 자의 살 궁리

하지만 최선을 다해 순간을 살아가는 나를 누군가는 영리하지 못하다고 할 것이다. 좋게 말해서 영리하지 못하다는 거지 노골적으로 표현하자면 미련하다는 뜻일 게다.

실제로 그런 뉘앙스의 의견을 듣기도 했다. 왜 아니 그렇겠는가. 진득하니 하나 붙들고 장편으로 만들어 연재도 하고 종이책도 만들고 전자책도 만들고 웹툰 등의 2차 진행도 하고, 그러면 좋을 텐데 마냥 써재끼기만 해대니 몸은 몸대로 고달프고 돈은 돈대로 덜 벌고 아이디어는 빛의 속도로 소진되니까. 아우 답답해. 아우 속 터져.

그랬다. 나는 답답한 인물이고 여전히 속 터지는 인간이다. 아무리 더듬이를 곤두세운다 해도 트렌드가 수월하게 읽힐 만큼 쌩쌩한 나이도 아니고, 장편보다는 단편과 중편을 쓸 때 작업 만족도가 높은 어정쩡한 재능의 소유자이기도 하다. 그렇다고 길이 들 대로 든 문체를 갈아엎기엔 그나마 있는 독자도 잃어버릴 위험부담이 크다. 결정적으로 내가 언제까지 웹소설을 쓸지 모르는데 불판을 바꿨다가 고기가 안 구워지거나 타버리면 어쩔 것이며, 그걸 누가 책임지고 보상할 것인가.

그렇다고 해서 내가 늘 고여 있기만 한 건 아니다. 한동안은 내 깜냥이 어느 정도인지를 몰라 우왕좌왕하고 헤맸지만, 어느 독자분의 댓글처럼 그래도 착실하게 조금씩 나아져 왔다고 확신한다. 다만 그 나아짐의 방향이 실질적인 이득과 크게 부합하지 않았을 뿐.

그래서 결론은 뭡니까, 허도윤 씨.

그래요, 나는 애매한 점이 너무 많아 양으로 승부하는 작가입니다.

[+]

꾸준히 쓰다 보니 얼떨결에 자료가 쌓였다. 각 이야기에 담긴 뒷이야기였다. 이를테면 이런 거다.

《압축풀기.zip》이 왜 그런 제목이 되었는지에 대해서는 본문에 심혈을 기울여 적어두었으나, 이야기 외적으로도 《압축풀기.zip》인 이유가 있다. 본 이야기인 《압축풀기.zip》 외에 무려 네 가지 스토리를 압축하고 있기 때문이다. ★Thanks to…… 로 언급하는 카메오 말고 온전한 스토리로서의 스토리다. 이유는 《압축풀기.zip》의 중심이 탐정회사 〈Timetable〉이기 때문이다. 탐정회사면 탐정회사답게 남다른 사연이 엮여있어야 또 제맛이니까 말이다.

첫 번째는 〈Timetable〉의 문세황 대표가 품은 이야기 《Him》, 두 번째는 〈Timetable〉의 2인자 현승현 차장이 품은 이야기 《이안류》, 세 번째는 〈Timetable〉의 의뢰인 금정호 박물관장이 품은 이야기 《양혼仰婚》, 네 번째는 〈Timetable〉 덕분에 지옥문 앞에서 유턴에 성공한 박성도 간사의 이야기 《중간지대 ; Retro Stage》이다.

차곡차곡 쌓이는 뒷이야기를 〈허도윤의 Behind Story〉 카테고리에 모아두고 있는데, 이걸로 뭘 할까 고민 중에 있다. 이 또한 웹소설 작가가 누릴 수 있는 재미라 하겠다.

이 또한? 그럼 다른 재미도 있다는 뜻인가?

있다.

전자책으로만 출간된 이야기를 개인지로 만들기도 하고, SNS를 통해 이벤트도 하고, 굿즈를 제작해 나누기도 하고, 기승전독자라 했듯이 독자와 함께 만들어가는 아기자기하면서도 알콩달콩한 재미들. 오프라인에서 만나 파티는 벌이지 못해도 우리끼리 만들어가는 웹소설 밖의 이야기들. 사는 동안 단 한 번도 겪어본 적 없는 '따수운' 느낌의 재미들.

비록 별 한 개에 좌절하고 매몰찬 댓글에 슬퍼하며, 이 따위가 무슨 소설이냐고 내가 쓴 글에 울분도 토하지만, 그럼에도 불구하고 한 번씩 깊다랗게 호흡하게 해주는 커다란 숨구멍이랄까.

에필로그

　프롤로그에서 이렇게 말했다. '나는 오랜 헤맴 끝에야 물을 찾은 물고기다. 나무에서 떨어지듯 내려와 물에 들어가기까지, 그러고서도 내내 숨어 있다가 마침내 기어나와 헤엄치기까지 수많은 일이 있었다. 그리고 그 이야기를 지금부터 하려고 한다'라고.

　정말로 다 내 얘기만 했다. 애초에 웹소설 초보 작가 혹은 예비 작가의 길라잡이가 되겠다고 쓴 책이 아니라 그냥 재능에 한계가 많은 한 웹소설 작가의 고군분투가 누군가에게 도움이 되기를 바라는 마음에서 썼기 때문에 내 얘기만 늘어놓은 것이 잘못이라고는 생각하지 않는다.

　그 전에 온전한 길라잡이가 될 수 있는 웹소설 안내서가 존재할 수 있다고 믿지도 않는다. 그러기엔 웹소설 작가마다 맞닥뜨리는 상황이 너무나도 천차만별이고, 웹소설 판 자체가 마음만 먹으면 누구나 작가가 될 수 있는 시스템으로 이루어져 있기 때문에 그 '누구나'의 편차도 굉장히 크다.

당연히 우왕좌왕하게 되고 그러다 보면 의지할 곳을 찾기 마련이다. 하지만 까딱 잘못하면 자기계발서 그대로 따라 하다가 망한 사례가 내 것이 될 위험성이 있다. 자기계발서를 읽고 저자가 충고하고 주문한 대로 산다고 해서 그 저자처럼 되지는 않으니까 말이다.

당연히 나도 여러 말 하기가 조심스럽다. 내 이야기야 내가 겪은 일이니까 편하게 떠들면 되지만, 그 이상은 어떤 부작용을 일으킬지 모른다는 부담감이 커서 입을 떼기가 어렵다. 그렇다 해도 두 가지 정도는 확실하게 말할 수 있다.

하나는 글쓰기 재능에 대해서다.

나 글 좀 쓴다는 소리를 꽤 듣는데 웹소설을 써도 되나? 당연히 된다. 웹소설도 소설이고 책을 내면 작가 소리를 듣는데, 명색이 작가가 글을 잘 쓰면 당연히 좋다. 하지만 일반적으로 글을 잘 쓰는 것과 소설이라고 하는 이야기를 끌고 가는 건 차이가 있다.

스포츠계를 보면 선수 시절엔 그저 그랬는데 지도자로 대성하는 경우가 있다. 반대로 선수 시절에 엄청나서 지도자로서도 승승장구할 줄 알았는데 영 성적을 내지 못하는 경우도 있다. 그 차이와 비슷하다고 할 수 있겠다. 취미로든 업으로든 혼자서 글을 잘 쓰는 것과 수많은 등장인물을 데리고 지휘관으로서 경기장에 나서는 것은 엄연한 차이가 있으니까 말이다.

그럼 어떡하느냐고? 일단 써봐야 안다. 까여보면 더 좋고. 적어도 삼세번. 으흐흐! 단, 쓰기 전에 반드시 읽어야 한다. 남이 어떻게 썼는지 알아야 내가 어떻게 쓸 건지 감이 잡힌다. 일반문학계의 소설가 이승우 님이 쓴《당신은 이미 소설을 쓰기 시작했다》에 보면 챕터1의 제목이 〈잘 읽어야 잘 쓴다〉이다. 그건 진리다. 읽지 않고는 못 쓴다. 웹소설도 다르지 않다.

다른 하나는 공모전에 대해서다.

웹소설 공모전이 일반문학계의 신춘문예와 문학상 급이라는데 혹 잘 될 비법 같은 건 없나? 당연히 없다. 신춘문예를 기사로 검색해보면 한 유명 일간지의 경우 소설 부문 응모작이 2천 편이 넘었다는 내용이 뜬다. 그중에서 단한 명만 당선이다. 신춘문예야 단편이라 그렇다 쳐도 장편을 뽑는 문학상의 경우에도 응모작이 백 단위에 이른다. 웹소설이라고 다를까. 경쟁률이 살 떨린다. 거기에 무슨 왕도가 있겠나 말이다. 실력에 시운에 심사위원과의 궁합까지 여러 가지가 맞아떨어져야지.

게다가 일반문학계의 신춘문예와 문학상은 응모 날짜가 거의 고정돼 있다. 따라서 거기에 맞춰 준비하면 된다. 하지만 웹소설 공모전은 비정기적으로 열린다. 지난해에는 이 플랫폼에서 분명히 공모전을 열었는데 올해는 감감무소식이기도 하고, 공모전엔 관심이 없어 보이던 플랫폼이 어느 날 갑자기 공모전 공지를 띄우기도 한다. 꾸준히 공모전을 여는 플랫폼도 해마다 시기가 달라지는가 하면 상금도 달라진다.

한 마디로 공모전을 노린다면 손품을 팔아야 한다는 뜻이다. 다른 누군가가 알아보고 안내해둔 내용에만 의지해선 안 되고, 본인이 직접 찾아보고 체크해야 한다. 그런 수고 정도는 해야 하지 않을까 싶은 것이, 그래야 들인 시간과 노력이 아까워서라도 더 열심을 내게 되더란 거다.

무엇보다 공모전에 안 됐다고 해서 절망할 일은 전혀 없다. 무연에서 눈에 띄어 단행본을 낸 나 같은 경우도 있고, 거기서 더 나아가 유연으로 연결된 다른 작가들도 있다. 바닥에서 시작하는 재미와 보람도 나름 쏠쏠하다.

그렇다고 마냥 희망을 가지라는 소리는 아니다. 쉽게 되는 것 없고 결정된 해피엔딩도 없다. 하지만 간절히 해보고 싶은데 할 수 있는 형편이라면 어떻게든 해봐야 한다는 주의다. 하고 싶어도 할 수 없어서 못 하는 데 비하면

할 수 있다는 건 그 자체만으로도 복이니까 말이다. 앞서 언급했듯이 돈 날리는 것도 아니니 더더욱 더.

어디서 읽었는데 지구에 존재하는 모든 물의 양을 축구 경기장 하나에 빗댄다 할 때 —책에는 없었지만 아마도 거기 나온 축구경기장은 국제경기를 치르는 경기장일 테니, 그렇다면 너비가 64~75미터에 길이가 100~110미터 정도 되는 직사각형이 될 거다— 지구 지표면에 있는 담수호(염분의 함유량이 1리터 중 500밀리그램 이하인 호수)의 크기는 대강 보통의 쿠션 정도만 하고 강의 면적은 대충 찻잔 받침 정도만 하다고 했다. 나는 강이 더 많을 줄 알았는데 호수가 더 많다고 해서 깜짝 놀랐다. 어쨌거나 너른 바다 사이에서 애쓰는 담수호와 강이라 하겠다.

하지만 그 담수호와 강 때문에 사람이 산다. 그도 그럴 것이 바다는 물이면서 물이 아니다. 엄연히 물이지만 바다 한가운데선 목말라 죽는다. 사람은 축구경기장이 아니라 쿠션과 찻잔에 기대 사는 존재라는 뜻이다. 물론 그렇다고 해서 축구경기장만 한 바다가 불필요하다는 건 아니고. 그러니까 내 말은 쿠션 크기면 어떻고 찻잔 크기면 어떠냐는 거다. 나름 의미 찾아가며 충분히 살 수 있는데.

웹소설을 쓰고자 하는 이유는 각양각색일 것이다. 억

대 연봉의 유명한 작가가 되고야 말리라, 가 목표인 이가 있을 것이고 내가 좋아하는 글 써서 얼마라도 벌면 금상첨화지, 가 희망사항인 이도 있을 것이며 고개만 돌리면 웹소설인데 나도 한번 끼어볼까, 가 동기로 작동하는 이도 있을 것이다. 하지만 계기가 무어든 일단 쓰기 시작한 이상 반은 작가고 책이 나왔다면 온전한 작가다. 작가가 뭐 별거라고.

2017년 2월 3일 금요일에 반작가 1일차, 2017년 5월 1일에 온작가 1일차, 허도윤이 지나온 그 두 개의 1일과, 웹상에 존재하는 어마무시한 수의 1일들에게 축복이 깃들기를 바란다. 이렇게 훈훈해 놓고 마지막 인사는 이렇게 한다.

전쟁터에서 만나요!

웹소설 작가 1일차입니다

초판 1쇄 발행	2021년 4월 28일
지은이	허도윤
펴낸곳	(주)행성비
펴낸이	임태주
책임편집	이윤희
디자인	이유진
출판등록번호	제2010-000208호
주소	경기도 파주시 문발로 119 모퉁이돌 303호
대표전화	031-8071-5913
팩스	0505-115-5917
이메일	hangseongb@naver.com
홈페이지	www.planetb.co.kr

ISBN 979-11-6471-143-7 (03810)

행성B는 독자 여러분의 참신한 기획 아이디어와 독창적인 원고를 기다리고 있습니다.
hangseongb@naver.com으로 보내 주시면 소중하게 검토하겠습니다.